UTOPIA

전쟁은 끝났어요

곽재식 카이스트문학상을 2회 수상했으며, 2006년 「토끼의 아리아」가 MBC 베스트극장에 영상화되면서 본격적인 작가 활동을 시작했다. 『당신과 꼭 결혼하고 싶습니다』 등 다수의 소설집과 장편소설을 출간, 인공지능 논픽션 『로봇 공화국에서 살아남는 법』 집필, 블로그에 『한국 괴물 백과』를 연재하여 국내 최고 수준의 DB를 구축 및 출간했다. 팟캐스트 '과학하고 앉아있네'에 출연 중이며, 여러 대중과학 강연을 하고 있다. 환상문학웹진 〈거울〉에 매달 한 편의 단편을 게재 중이다. 화학 및 기술정책 전공. 공학박사. 현직 화학회사 직원.

구한나리 수학교육, 국문학과 법학을 전공하였다. 2009년 일본 연수생 시절 단편 「신사의 밤(神社の夜)」으로 유학생문학상에 입선했고, 2012년 장편 『아홉 개의 붓』으로 조선일보 판타지 문학상을 수상했으며, 2010년 가을부터 후기 빅토리아 시대에서 살아가는 소녀의 이야기 『종이로 만든 성』을 집필 중에 있다. 환상문학웹진 〈거울〉 편집위원.

김주영 2000년 한국 초기 SF작 『그의 이름은 나호라 한다』를 출간했다. 『열 번째 세계』로 제2회 황금드래곤문학상을 수상, 『시간 망명자』로 제4회 SF어워드 장편 부문에서 대상을 수상했다. 대학에서 수학교육을 전공했으나 수학의 본질은 철학에 있다고 믿는다. 수학의 파인더로 현상을 관찰하고 분석하는 방법을 가르치다 인간에 끌렸고, 결국 상담심리 전공 박사생이 되었다. 환상문학웹진 〈거울〉 편집위원.

김초엽 2017년 「관내분실」과 「우리가 빛의 속도로 갈 수 없다면」으로 제2회 한국과학문학상 중단편 부문 대상과 가작을 수상하며 작품 활동을 시작했다. 생명과학과 뇌과학을 바탕으로 사람의 추상적 속성을 구체적 물질 속성으로 변환하는 것과 화학물질-생명체의 상호작용이라는 주제에 관심을 기울이고 있다. 화학을 전공했으며 생화학으로 석사 학위를 받았다.

이산화 단편 「아마존 몰리」가 온라인 연재 플랫폼 브릿G의 2017년 2분기 출판지원작에 선정되었고, 이후 제2회 브릿G 작가 프로젝트에 당선된 「증명된 사실」을 『단편들, 한국 공포문학의 밤』에 실었다. 2018년에 출간한 사이버펑크 장편소설 『오류가 발생했습니다』는 온라인 서점의 SF소설 분야에서 3위까지 오르기도 했다. 전공은 화학이며, 대학원에서는 생체 조직의 화학영상법을 연구했다. 조금 신맛이 나는 과일 디저트를 좋아한다.

UTOPIA

전쟁은 끝났어요

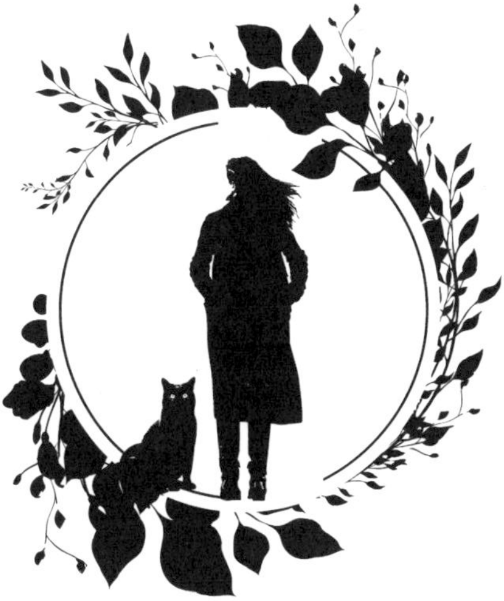

곽재식
구한나리
김주영
김초엽
이산화

요다

C O N T E N T S

무한의 시작

구한나리

천사가 물었다. 숲에서 가장 지혜로운 이는 누구인가? 사람이 대답했다. 가장 지혜로운 것은 숲이다. 괴로운 이를 달래는 음악과 그들을 보살피는 손길이 모두 중요하듯이 숲은 모두일 때 가장 지혜롭다. 천사가 말했다. 더 많은 아름다움을 내게 보여달라. 물에 잠긴 섬이 다시 살아나고 세대가 세대로 이어지며 불완전한 것들이 모여 완전에 가까워지는 모습을.

AI

우리가 태어나기 몇 세대 전에 세계에는 '마지막 세계대전'이 일어났다고 한다. 세계 1, 2위를 다투던 두 '국가'가 등을 돌렸고 상대방을 말살하기 위한 최종 무기를 서로 날렸다고. 불길이 발전소를 삼키고 대폭발이 지각변동을 일으켜서 해수면이 높아졌고 기상이변으로 결국 세계의 땅덩어리가 10퍼센트 정도만 남고 바다 안에 잠겼다고. 사람들은 무척 힘든 시기를 보내야 했다고 했다. 폭발이 식물을 오염시켜서 서서히 죽어가는 사람들이 많았고 인구도 줄었지만 출산율 역시 줄어들어서 남아 있는 땅도 남아 있는 사람들에게는 너무 넓을 정도였다. '전쟁 이전' 세대들은 위대한 부흥을 위해서는 어떻게 해야 하는지 무척 많은 논의를 했지만 이제 전쟁을 기억하는 세대는 아무도 없고 또다시 그렇게 큰 전쟁이 일어나면 그때야말로 우리 모두는 이 별 위에서 사라지고 말 거라는 경계심만이 우리에게 남아 있다. 정기적으로 바다 밑에 잠긴 땅이 혹시 다시 솟아오르지 않는지 탐색선이 바다를 돌았다. 너무 많은 종(種)이 사라졌다. 그중에 사람이 속하지 않은 것이 그나마 다행일 것이다.

내 연인, 파이와 나는 하루 차이로 태어나 같은 유치원에서 처음 만났고 대학까지 한 번도 떨어져 지낸 적이 없다. 파이는 어릴 때부터 수학에 재능이 있었다. 내가 겨우 제곱해서 음이 되는 수 i에 대해서 이해했을 때 파이는 심심한 시간을 때우려고 복소함수의 적분을 계산하고 있었다. 파이의 관심이 빠르게 응용수학으로 넘어갔을 때 나는 여전히 수 체계와 연산 문제에 매달려 있었다. 어떤 재능을 가지고 태어났든 모든 아이는 귀하고 존중받아야 하기 때문에 내가 물리학이나 우주학에 수학을 잘 적용하지 못한다고 해서 그걸 흉보는 사람은 없었지만 나는 파이가 내가 생각하지 못하는 넓은 세계를 상상할 줄 아는 것이 자랑스러웠다. 스물이 되어 같은 대학을 졸업하고 나는 파이와 처음으로 다른 곳에 속하게 되었다. '연구소'와 '숲'이 쉬는 주말, 다시 만나 함께 보내는 매주 매시간이 짧게 느껴졌다. 한 가지 아쉬운 것이 있다면 파이의 이야기를 내가 완전히 이해하지 못할 거라는 사실이었다. 파이가 언젠가 그런 나를 답답해하며 이젠 만나지 않겠다고 하는 게 아닐까 걱정하다가, 주말이 지나고 연구소로 돌아가는 파이의 뒷모습을 보면서 나는 한 번 더 파이를 만날 수 있음에 기뻐하며 또 우리 집에서 함께 보낼 주말을 기쁘게 기다리곤 했다.

Pi

또 틀렸군. 나는 일주일이 걸려 유추한 초깃값이 최초의 방정식에서 기대했던 대로 다른 식을 유도해내지 못한다는 걸 확인하고 한숨을 내쉬며 일어나 탕비실로 향했다. 스물아홉 번째의 시도였다. 초기 방정식 자체에 오류가 있을지 모른다는 생각과, 초기 방정식을 유도한 1년간의 연구를 수포로 돌릴 순 없다는 미련이 마음을 괴롭혔다.

"표정을 보니까 이번에도 안 됐나 봐?"

연구 2년 선배인 카이가 탕비실 문을 열고 들어와 날 보곤 말했다.

"뭐, 그렇죠."

"아직 안 된다고 결론이 난 건 아니니까 기운 내."

"괜찮아요, 신경 쓰지 않습니다."

카이가 씩 웃었다. 선배가 수학 분과장이라면 신경 쓰일 수도 있는 말이었지만 카이 선배도 일반 연구원일 뿐이고, 어차피 내가 하는 연구에 그리 관심도 없다. 가벼운 인사랍시고 건네는 말이겠지.

"어제 배웅 나온 사람이 그 사람이야? 도시에서 같이 산다던. 알……이라고 했던가?"

알은 애칭, 전체 이름을 부를 일은 별로 없고 이 사람에게 굳이 그 이름을 알려줄 필요도 없다.

"'숲'의 사람이라며? 수학 전공자 중에 '숲'을 택하는 사람이 있다는 건 알지만 그쪽 사람과 사귀는 사람이 있다는 게 신기해서."

"다른 건 없어요. 아니, 사람은 애초에 다 다르지 않나요."

"글쎄, 뭔가 '숲'의 사람들은 우주의 비밀은 사람이 알 수 있는 게 아니라고 주장할 것 같은 이미지가 있어서. 자신이 사는 방식을 애인한테 강요하거나 하지 않나? 우리 '도련님'은 가끔씩 수학 같은 건 천체물리학의 도구일 뿐이니까 빨리 선공을 바꾸라고 닦달하곤 했거든. 뭐…… 그래서 헤어졌지만."

"결국 사람 나름이죠. 알은 저한테 그런 말을 안 해요. 연구 이야기를 들려주면 굉장히 신기해하면서 듣죠. 연구소에는 아이 때 견학 온 게 전부니까 신기하대요."

문득 테이블 위에 식은 차가 눈에 들어왔다. 목이 타서 탕비실에 들어왔었지. 벌컥 들이켠 식어버린 차는 지독하게 맛이 없다. 알이 끓여주는 차를 마시고 싶다. 아직 4일이나 남았다.

차를 마시고 나와 다시 책상 앞으로 돌아오자 소장으로부터의 전언이 도착해 있었다. 좀처럼 연구원 개인과 직접 만나는 일이 없는 소장이 하필이면 자리를 비웠을 때 연락을 해온 것이 영 마음에 걸렸다. 잠시 자리를 비웠다고 지적을 하지는 않겠지만 굳이 전언을 남기면서까지 개인적으로 만나려 할 일이 뭐가 있을까. 곧바로 연구실을 나와 2층의 소장실로 향하는데 자연히 한숨이 나온다.

"파이 씨, 오랜만이에요."

소장의 비서가 반갑게 인사했다.

비서는 직접 연구원을 만나는 일이 드문 소장 대신 각 분과장이나 연구원들과 의견을 조율하러 연구소 곳곳을 다니곤 하는 사람이었다. 연구원들 대부분 다른 팀 사람들보다 비서를 만나는 일이 훨씬 더 많을 터였다. 하지만 한참 미분방정식을 붙들고 있느라 거의 책상 앞을 떠나지 않아서 내가 소장의 비서와 마주친 것은 열흘도 전의 일이었다.

"소장님은, 안에 계신가요?"

"네, 파이 씨가 오거든 바로 안내하라고 하셨어요. 오늘은 분과별로 결과가 거의 안 올라온다고 날이 안 좋은가 보다고 중얼거리셨고요."

"그런 거 저한테 다 알려주셔도 괜찮아요?"

비서가 빙긋 웃었다.

"저 듣는 데서 그렇게 말씀하신 건 제가 다른 데로 말해도 괜찮다는 뜻이에요. 제가 소장님과 일한 게 몇 년인데요."

비서는 내가 연구소에 오기 전부터 이곳에서 일한 사람이었다. 보기에는 카이 선배 또래로 보였지만 실제로는 그보다 나이가 더 들었을지도 모른다. 외양은 연령보다 다른 조건의 영향을 훨씬 더 많이 받는다.

문을 열고 들어서자 소장은 자리에서 일어나 대화용 테이블 앞으로 옮겨 왔다. 꾸벅 인사하고 소장 앞에 앉았다. 연구소에 들어오는 면접시험 때 한 번, 이후에 중간 연구 발표 때 한 번, 소장과 만난 것은 손에 꼽을 정도였고 개인적으로 만난 것은 최종 면접시험 때뿐이라 저절로 긴장이 됐다. 수학 분과장이 소장을 가리켜 뭐라고 평했더라. 이런 식으로 소장실에서 단둘이 만나게 될 거라고는 생각하지 않았기 때문에 유심히 들어두지 않은 것이 후회되었다.

"……파이 씨가 연구를 진행한 게 이제 2년째지요?"

소장은 연구소에 들어온 이래 내가 이 방에 들어온 건 처음이라는 사실은 전혀 개의치 않는 듯, 바로 어제라도 이 방에 들어온 사람을 대하는 것처럼 말했다.

"네."

"파이 씨가 연구하는 에너지방정식을 써야만 하는 일이 생겼습니다."

고작 2년 차에 들어가는 연구에다 아직 그 방정식의 검증도 끝나지 않았다. 최초의 방정식을 시작으로 관련 식을 차례차례로 도출해내야 완전하게 에너지방정식으로서의 가치를 가지게 될 것이고 지금 단계에서는 그저 수식으로 멈추게 될지 응용 분야를 넓힐 수 있을지 알 수 없었다.

"아직 방정식이 정확한지 검증 단계라는 걸 팀장님께 보고드렸습니다만."

"알고 있습니다. 하지만 이게 조금 급한 단계여서."

소장은 작게 테이블을 두드렸다. 그와 나 사이에 화면이 떠올랐다. 이 행성 둘레를 돌고 있는 달과 별들이 보였다. 유치원 때부터 보아온 익숙한 화면이었다. 누구나 알 수 있는 우주의 모습인데 무언가가 달랐다. 화면 구석의 색이 평상시에 보던 모습과 다른 것이다. 화면을 축소하며 보이는 영역을 넓히자 평소와 다른 색을 띠고 있는 부분이 조금 더 넓어졌다. 장축과 단축의 차이가 심한 타원의 끝, 혹은 준선과 초점의 거리가 매우 큰 포물선을 닮은 빛 먼심이있다.

"'알파'가 이상하다는 걸 찾아냈습니다. 아직은 상당히 떨어져 있지만……."

"행성입니까?"

"그렇다고 하는군요. 알파가."

'알파'는 마지막 전쟁 직전에 만들어진 인공지능으로 전쟁의 결과를 가장 정확하게 예측한 인공지능이었다.

원래는 다른 이름이었지만 전쟁의 결과 각 나라에 있었던 인공지능 서버들이 파괴되어 바닷속으로 가라앉고 프로그램을 아는 사람들 역시 사라지면서 유일하게 살아남아 새로운 시작이 되라는 뜻으로 알파라는 이름을 갖게 되었고 알파를 제작하고 보수해온 사람들은 지금 연구소의 시작이 되었다. 해수면이 높은 곳에 있었고 전쟁의 중심지에서 상당히 떨어져 있었으며 안정적인 지각 위에 있다는 여러 가지 행운도 있었겠지만 인공지능 관련 과학자들이 단 한 명도 생존하지 못하고 그 기술 역시 사라져버렸다면 사람들의 삶은 지금보다 더욱 힘들었을 것이다.

"궤도를 추정한 결과, 79퍼센트의 확률로 충돌하는 걸로 밝혀졌습니다. 궤도가 완전히 안정적이진 않습니다. 궤도상에 소행성들이 다소 분포해서 소행성들과 충돌할 때마다 궤도가 조금씩 바뀌고 있어요."

"소행성의 질량을 파악하고 있다고 한다면 79퍼센트라고 하지만 사실상 충돌한다고 보아야겠군요. 이미 그런 분석은 천체물리학 관련 연구자들이 했을 테니까요."

소장이 이 이야기를 왜 내게 하고 있는지 신경이 쓰였다. 이 이야기는 우주학, 천체물리학 관련 연구팀이 들어야 하지 않을까. 아니면 벌써 그들에게는 알려진 것일까.

"이걸 왜 응용수학분과, 복소미분방정식 연구자에게 보여주는 거냐는 표정이군요. 파이 씨."

"……아까 말씀으로는 제가 연구 중인 '방정식을 써야 할 일'이 있다고……."

"네, '알파'가 행성이 충돌하지 않게 할 방법을 시뮬레이션해 보았는데, 결론은……."

"제 방정식으로 인공 행성을 발사해서 공중 폭발을 유도한다거나 그런 건가요?"

아주 오래전 보았던 고전 영화의 장면에 그런 게 있었었다. 목숨을 걸고 이 별을 지킨 영웅 서사.

"아닙니다."

소장이 조금 눈썹을 찌푸렸다.

"알파의 예측으로는, 소행성이 충돌할 79퍼센트의 경우에 그 충돌을 막을 수 있는 방법은 없습니다."

소장은 마치 아까 마신 차가 정말 맛이 없었냐고 말하는 것처럼 태연하게, 아주 조금 거슬리는 일에 대해서 이야기하는 투로 말했다.

"……그럼 충돌 시 일어날 일에 대비하는 데 제 방정식을 쓸 수 있을 거라는 말씀이신가요?"

소장이 조금 혀를 찼다.

"파이 씨는 수학을 전공하는 분인데 꽤 성미가 급하시군요."

소장이 한 문장을 끝내고 나면 다음 문장을 시작하기 전에 시간을 들이는 사람이라는 이야기는 이미 들은 적 있었다. 하지만 소장과 단둘이 이야기하는 건 처음이다 보니 무심결에 팀장이나 다른 수학 연구자들과 이야기하는 것처럼 말해버린 것이었다. 수학 전공자들과 말하는 건 편하다. 모두가 이해하는 공통 범위가 넓고 따라서 생략해도 좋은 것들이 많다. 수학 분과의 일반 연구원 안에서 내 입지가 그렇게 나쁘지 않기 때문이기도 했지만. 그러나 다른 전공자들과 대화할 때는 그렇지 않았다. 다른 전공자들과의 이야기는 언제나 조금씩 삐걱거렸다. 그 삐걱거림이 새로운 발견의 단초가 되기도 하고 서로에게 자극을 주어서 좋은 결과로 이어지기도 하지만. 소장이 무엇을 전공했던가 기억을 더듬어보았다. 떠오르지 않는 것은 그가 수학 전공자가 아니라는 뜻이었다.

"'알파'는, 소행성 충돌 후 해수면이 상승되고 바닷물의 온도 역시 올라가는 것은 물론이고…… 자세한 수치는 다시 알려드리겠습니다만, 추락 지점의 대륙 자체가 사라질 가능성이 크다고 예측했습니다. 충돌 지점으로 예측된 곳은 바로 우리가 거주하고 있는 이 대륙. 해안에서 2킬로미터 떨어진 지점에 떨어질 가능성이 20퍼센트 정도이지만, 이 확률을 높일 수 있는 방법은 지나치게 많은 에너지를 소모할 뿐 아니라 실제로 영향력도 미미합니다."

알파의 예측은 어긋난 적이 없다. 애초에 사람들이 연구소를 세운 지역 역시 알파가 가장 기상의 영향을 덜 받는 지점으로 예측했기 때문이었다. 알파가 '지나치게 많은 에너지'라고 말할 정도라면 사실상 지금 사람들이 만들어내기 어려운 양일 터였다.

"……그래서 우리 연구소는 새로운 프로젝트를 지금부터 시작하기로 했습니다. 임시 이름은 '알파'가 될 겁니다. '알파'는 우리의 새로운 시대에도 함께할 인공지능이 될 테니까요."

충돌을 피할 수 없고 충돌 지점도 바꿀 수 없다면 연구소가 추진하는 프로젝트는 한 가지밖에 없었다. '전쟁 이전'의 세대들이 수십 번 시도했던 것, 그래서 극히 일부분이 부분적인 성공을 이뤄냈던 것. 그러나 단 한 번도 대규모의 성과는 이루어내지 못했던 것.

"아시겠시요, 피이 씨. 우리는 우주로 갑니다. 우리가 정착할 곳은 천체물리학 분야 연구원들이 탐색 중입니다. 어느 정도의 사람들이 함께할 수 있을지는 연구소의 모든 분야 연구원들이 얼마나 결과를 만들어내느냐에 달려 있습니다."

소장이 단말기를 건네주었다. 그가 말한 알파 프로젝트에 관한 문서가 단말기 화면에 떠 있었다. 이미 프로젝트 추진 멤버의 명단에 내 이름이 올라 있었고 그 옆에는 내 경력이 내가 잊고 있었던 것까지 상세하게 기록되어 있었다.

"연구에 필요한 것이 있으면 얼마든지 말하세요. 최대한 연구소에서 지원할 겁니다."

"제 연구는 아직 결론까지 이르지 못했습니다. 제가 연구하는 방정식이 정말로 이 프로젝트에 효용이 있을지 장담할 수 없습니다. 저 외에도 다른 연구자들을 참가시키시는 게 좋지 않을까요?"

소장은 내 눈을 물끄러미 쳐다보고는 엷게 웃었다.

"지나친 낙관론보다는 그게 낫겠지요. 물론 그럴 때의 대비 역시 하고 있습니다. 설마 한 가지가 잘못되었을 때 전체가 어긋나게 될 프로젝트에 우리의 미래를 걸 거라고 생각하지는 않겠지요? 파이 씨는 계속해서 본인이 하시던 일을 하면 됩니다. 다른 연구원들도 마찬가지고요. 프로젝트에 큰 변화가 생기면 바로 통지할 겁니다."

"알겠습니다."

소장에게 다시 단말기를 건네고 소장실을 나왔다. 비서가 웃는 얼굴로 인사했다. 나는 비서가 알파 프로젝트에 대해 알고 있는지 궁금해졌지만 가볍게 인사한 후 소장실을 나섰다.

AI

미나의 씨앗이 꽃을 피웠다. 미나는 아침 일찍 식물원에 나갔다가 꽃을 발견하고는 한달음에 내게 왔다. 미나가 지난여름 내내 흙이 말라버리지 않도록 얼마나 신경을 썼는지, 주변의 식물이 어떻게 뿌리를 뻗어가는지 계속 신경 썼던 걸 생각하니 감격스러웠다.

"축하해."

너무나 많은 말이 입에 맺혔다가 사라지고 겨우 나온 말은 그 정도였다. 미나는 활짝 웃었다.

"고마워. 이걸로 꽃 하나가 더 살아나게 된 거지."

미나의 꽃은 전쟁 전의 벙커에서 발견된 씨앗을 발아시킨 것이었다. 전쟁 전의 소설에서 종종 등장하곤 하는 보랏빛 꽃이었는데, 그 꽃을 다시 피워내고 싶다고 미나가 제일 먼저 매달렸다. 세상에 하나의 꽃이 더 피어나게 하는 일이란 얼마나 아름다운지. 미나가 지난 몇 달간 애써왔던 걸 이곳의 사람들은 모두 다 알고 있다.

"나랑 오늘 대학에 가는 사람이 너라면서?"

"응, 꽃이 핀 날에 학교에 가게 되다니, 좋은 아이들을 만날 수 있을 것 같아."

연구소의 사람이든 숲의 사람이든 모두 한 해에 네 번 학교를 방문한다. 어떤 학교를 방문할지 누구와 함께 갈지는 추첨으로 정하지만 같은 사람이 이어서 같이 가게 되면 다른 사람들과 바꾼다. 그렇게 해야 서로 다른 의견을 최대한 많이 들을 수 있다. 한 사람 한 사람의 의견은 모두 소중하고 그만큼 서로의 의견을 많이 들으며 더 나은 의견을 만들어갈 수 있기 때문에.

유치원부터 대학교까지 모든 학교는 연구소와 숲 사이, 도시에 있고 연구소와 숲의 사람들이 절반씩 운영한다. 유치원을 나와 초등 중등 단계의 보통학교를 거쳐 대학에 갈 때까지 일정 기간 같은 사람들과 함께 공통의 경험을 하기도 하고 다른 학교 다른 집단의 사람들과 서로의 다른 경험을 나누기도 한다. 정기적으로 숲과 연구소를 방문하기도 하고 오늘 우리처럼 숲과 연구소의 사람들이 학교를 방문하기도 하면서 아이들은 자신이 어디에 속하는 것이 자신이 원하는 삶일지 생각하며 성인이 된다. 그때 비로소 자신이 살 곳을 선택한다. 먼저 성인이 된 사람들의 역할은 아이가 자신이 속할 곳을 결정하도록 돕는 것이다.

나는 열아홉 때의 선택을 기억한다. 파이와 같은 곳을 가지 않을지도 모른다는 걸 알고 있었다. 파이는 연구소를 나는 숲을 택했다. 내가 연구소에 있는 나를 상상할 수 없듯이 파이 역시 숲에 있을 수 없는 모양이었다. 그렇게 우리는 서로 다른 곳을 선택했고 서로가 소중한 만큼 그 사실을 충분히 이해했다.

"……그런데 다른 한 사람이 영이라고 들었는데……, 괜찮겠어?"

미나는 내 말에 조금 웃었다. 불편한 사람과 함께 방문단이 만들어진 경우에도 사람을 바꾸어달라고 요청할 수 있지만 미나는 그렇게 하지 않았다. 석 달이란 감정이 가라앉는데 충분한 기간일까. 나는 경험하지 않은 일이라 알 수 없다.

두 시간 뒤에 대학교에서 보낸 차를 타러 주차장으로 갔더니 영이 벌써 나와 있었다. 영은 음악을 만든다. 종종 식당에서 영이 만든 음악이 들릴 때가 있기도 하지만 보통은 환자들의 요양소에서 영의 음악을 가장 많이 쓴다. 영의 음악을 듣고 있으면 마음이 편안해지기 때문에 힘든 병과 싸우고 있는 환자들에게 좋은 위로가 되어주는 것이다. 사실 영은 음악가이기보다는 무언가를 힘을 써서 만들 것 같은 느낌의 사람이다. 키는 나보다 두 뼘이나 크고 어깨도 훨씬 넓다. 웬만한 사람들의 주먹을 손바닥으로 감쌀 수 있을 것같이 손도 크다. 그 손이 복잡하면서도 편안한 박자와 곡을 만드는 데 큰 도움이 된다고 영이 말한 적이 있다. 자기가 만든 음악처럼 편안하고 나직한 목소리로 영은, 자신은 음악을 만들기 위해서 태어났고 음악이 자신을 사랑한다고 말했다.

"새로 만든 곡 들었어. 어제 식당에서 나왔는데 다들 좋다고 했어."

"알이 좋다면 다들 좋아하겠네. 다행이야."

미나도 좋다고 했어, 라고 나는 속으로 덧붙였다. 미나는 마지막으로 이번 방문에 참가할 수 없다고 말했을까. 언제나 약속보다 일찍 도착하는 미나가 아직 오지 않은 게 신경이 쓰이려던 때, 미나가 종종걸음으로 나타났다.

"미안, 늦었지!"

"아니야, 우리가 빨리 도착했어."

영이 말했다. 미나는 영을 보고 잠깐 표정이 흔들렸다가 나를 보고 웃었다.

"다 도착하셨으면 출발할까요?"

대학에서 온 운전사가 목을 빼고 물어 우리는 곧바로 차에 올랐다.

대학까지 한 시간 정도 차를 달려오는 동안 우리는 거의 말을 하지 않았다. 미나와 영은 올 봄까지 서로에게 가장 소중한 사람이었다. 대학에서 식물을 전공한 미나와 음악을 전공한 영이 어떻게 서로 가까워지게 되었는지 궁금해하는 사람들이 많았지만 전공이 다르다는 게 서로를 좋아하지 못할 이유가 되지는 않는다. 나는 파이가 내가 아니기 때문에 좋아하게 되었다. 파이가 내가 모르는 것을 알고 내가 모르는 아름다움을 알고 느끼는 모습에 반했다. 그건 너무나 자연스러운 일이었다.

「그거 알아? 꽃들도 음악을 느껴.」

미나가 말했다. 미나가 오늘 아침 피웠던 꽃에 정성을 들이면서 했던 말이었다.

「그럴 것 같아. 음악을 들으면 기쁘고 슬프고 행복해지곤 하니까. 우리를 행복하게 해주는 꽃도 그걸 분명히 느낄 수 있지 않을까.」

「그래서 우리는 정말 완벽할 줄 알았지.」

미나가 말한 '우리'가 영이라는 것을 모를 사람은 없다. 봄날, 새로운 씨앗을 틔우겠다고 계속 온실에 틀어박혀 있는 미나를 영은 견뎌내지 못했다고 했다. 곡이 잘 만들어지지 않을 때면 언제든 미나를 만나길 바랐고 미나는 꽃을 틔우기 위해서는 섬세한 조절이 필요하다는 걸 영이 이해해주길 바랐고 결국 두 사람은 헤어졌다. 함께 지내던 집에서 영이 나간 뒤에 미나가 걱정이 되어서 오랫동안 나는 옆집인 미나의 집을 살폈다. 미나는 이제 더 이상 울지 않지만 정말로 괜찮아졌다면 영이 새로 만든 곡의 이야기를 할 것이다. 영에게 오늘 드디어 꽃을 피운, 멸종된 줄 알았던 식물이 새로 세상에 피어난 이야기를 할 것이다. 하지만 두 사람은 한 마디도 하지 않고 나는 그런 둘 사이를 어색하지 않게 할 재주가 없다.

"오늘 '숲'으로 올 아이들이 있으면 좋겠다."

"올해 결정한 아이들은 지금까지는 연구소가 더 많았지?"

"열 명 차이지만……. 그 아이들에겐 '숲'이 따분하게 느껴질 수 있겠지."

두 사람이 모처럼 말을 꺼내서 나는 웃었다. 우리 셋 다 '숲'을 따분하다고 느끼지 않았다. 아마도 중등 보통학교에 다닐 때의 가을이었을 것이다. 숲에서 온 세 사람이 보여준 자료 영상을 보고 나는 내가 당연히 그곳으로 가게 될 것을 알았다. 유치원 때 한 번씩 놀러 가던 곳이, 그 뒤에도 1년에 한 번씩 자연 체험 활동이라는 이름으로 한 달을 보내곤 했던 곳이 '숲'이라는 것은 선생님들이 이야기하는 것을 듣고 알았다.

"미나와 영이 대학에 있을 때 나도 갔었구나. 봄이었어. 그땐 영만 만났지."

"말을 정말 안 하는 사람이구나 생각했어. '숲' 사람들이 다 저러면 심심하지 않을까 했지."

영이 말했다. 대학에 간 건 처음이었다. 영은 거의 질문하지 않았다. 막연하게 이 아이는 어쩌면 숲에 오지 않을지도 모른다고 생각했던 것 같다. 그때, 영이 말했다.

「좋아하는 사람 있어요?」

「응.」

「거기서 지내는 건 즐거워요?」

「나는 그래.」

그 이상 뭐라고 대답을 해야 할지 몰랐다. 지나치게 숲이나 연구소의 생활을 꾸며서 말하지 말라는 것이 규칙이었다. 혹시나 다른 곳에서 지내는 것이 보다 행복할 아이들이 잘못 선택하지 않도록. 몇 번씩 숲과 연구소의 사람들을 만나면서 선택을 바꿀 기회가 있지만 한 번의 선택이라도 잘못되지 않도록 연구소와 우리는 서로 많은 약속을 했고 지켜왔다. 그 약속 덕분에 나와 파이도 원하는 곳을 골랐다. 영과 미나가 더 이상 같이 지내지 않기로 했다는 말을 듣고 나서 나는 영과 나눴던 이 대화를 몇 번이나 떠올렸다. 영은 그때 미나를 떠올렸던 모양이다. 혹시나 내 대답이 영의 선택을 방해했을까.

"'숲'의 사람들도 별별 사람들이 다 있잖아. 지금은 다들 알겠지만."

"도착했습니다."

운전사의 말과 함께 차문이 열렸다. 내 뒤를 두 사람이 따라 내렸다. 오늘 만날 아이들은 동물의학을 전공하는 이들이었다. 숲에는 언제나 식물과 동물에 대한 사람들이 필요했다. 사람도 포함해서. 전쟁 이후에 더 이상 자연은 사람들에게 친절하지 않았고 그만큼 자연 속에서 살아가는 데에는 많은 노력이 필요했다. '연구소'에서는 또 다른 이유로 사람들이 필요하겠지만.

"먼저 말씀드려야 할 게 있는데, 오늘은 '연구소'에서도 사람들이 와 있습니다. 다른 전공의 사람들과 만나고 있긴 합니다만 서로 마주치실 일도 있을지 모르겠습니다."

운전사이자 안내인인 사람이 말했다.

"'연구소'에서 방문하는 건 원래 일주일 뒤 아니었나요?"

미나가 묻자, 안내인이 곤란해하는 얼굴로 대답했다.

"그렇습니다만 연구소의 일정상 일주일 뒤가 곤란하다고 오늘 급히 연락이 왔습니다. 이번 달에 연구소 방문이 없어지면 아이들의 선택에도 문제가 생길 수 있다고 판단해서."

"네, 알겠습니다. 무엇보다 중요한 건 아이들의 선택이니까요. 마주치더라도 별문제는 없을 거예요."

이번의 방문 책임자는 나였다. 연구소를 싫어하는 미나는 조금 불쾌한 얼굴이었지만 영은 무슨 생각인지 알 수가 없었다. 이런 식으로 갑자기 일정을 변경하는 것은 없던 일이었으므로 연구소 쪽에 불만을 이야기해도 되겠지만, 애초에 서로의 방문 일정을 일주일 간격을 두게 한 건 아이들이 당시에 선택의 압박을 받지 않고 순수하게 그 집단의 특징만을 보고 고를 수 있게 하기 위해서였다. 동시에 두 곳에서 같은 아이들에게 설명하는 게 아니라면 날짜가 겹친들 별로 문제 될 게 없다.

동물의학 전공에는 열세 살 한 명을 포함해서 서른 명의 아이가 있었다. 보통은 10대 후반의 아이들이다. 일찌감치 전공을 골라 깊이 있는 공부를 하기 위해 일찍 대학에 온 아이가 둘. 그렇게 권장하는 길은 아니지만 언제나 가장 중요한 건 아이들의 선택이었다. 열세 살이라는 아이는 제일 먼저 눈에 들어왔다. 석 달 전에 보통학교에서 만났던 아이들보다도 어린 나이인데 우리 세 사람을 보자 눈에 생기가 돌았다. 나쁘지 않다.

"미리 말했던 대로 오늘은 '숲'의 분들이 오셨습니다."

우리 셋이 간단하게 자기소개를 할 때도 분위기는 부드러웠다. 동물의학 전공자들 가운데 '연구소'를 이미 선택한 아이들도 있지만 아직 선택을 유예한 아이들이 더 많고, 이미 선택한 아이들도 마음을 바꿀지 모른다. 숲의 자료 화면을 보여주면서 영이 숲을 설명했다. 화면과 함께 영이 만든 곡이 흘러나왔다. 대학에서도 종종 영의 곡이 방송되곤 하는지 아이들 몇 명이 낮게 흥얼거리며 음악을 따라 하다가, 영이 그 곡을 만든 사람이라는 걸 듣고는 놀라 눈을 크게 떴다.

"주말에는 어떻게 보내세요?"

첫 질문을 한 건 조용히 앉아 있던 뒷좌석의 아이였다.

"'숲'에 있는 집에서 주말을 보내는 사람들도 있지만 여러분이 지내는 도시에서 주말을 보내는 사람도 적지 않아요. 도시에는 알다시피 연구소 사람들과 숲 사람들이 구별 없이 섞여 있기 때문에 바로 이웃에 연구소 사람들이 살고 있는 경우도 있죠. 주말의 생활은 여러분들과 다를 게 없다고 생각하면 됩니다. 숲에서 대부분의 주말을 보내고 가끔만 도시에 나오는 사람도 있고요."

미나가 나를 조금 쳐다보며 말했다. 미나는 거의 숲에서 보내는 쪽이었다.

"여러분은 다들 대학생이 되면서 처음으로 기숙사와 독립생활 중에 선택할 수 있게 되었죠? 기숙사를 택한 사람들도 독립한 친구들과 함께 도시에서 주말을 보내기도 하잖아요? 그거랑 비슷하다고 생각하면 됩니다. 도시에서 평일을 보내는 사람들은 다들 어떤 부분에서든 학교에서 일하는 사람들이지만 주말이면 도시가 더욱 붐비는 건 숲과 연구소 사람들이 거기서 주말을 보내기 때문이죠. 여러분과 마찬가지로."

"……세 분은 어떻게 지내시는데요?"

다른 아이가 물었다.

"나는 주말을 도시에서 보내요. 그리고 이 두 사람은 '숲'에서 주로 보내죠."

"'숲'의 삶이 지루하기 때문인가요?"

아이가 다시 물었다. 웃음이 나왔다. 내가 주말을 도시에서 보낸다고 하면 대부분의 아이들은 그렇게 묻는다. 숲을 당신은 덜 사랑하는 건가요? 숲의 사람들은 그렇게 묻지 않는데. 궁금할 수 있다. 그것이 아이들이다. 모든 것에 호기심을 가지고 질문하고 결론을 내리고 아이들은 삶을 선택할 것이다. 그 아이들이 중심이 되는 때가 오면 그때는 도시와 숲과 연구소가 지금과 다른 모습이 될 수도 있다. 그것 역시 아이들이 만들어갈 미래다.

"……이분은 '연구소' 분과 함께 주말을 보내시기 때문이야."

영이 말했다. 나는 영을 쳐다보았다. 딱히 비밀도 아니고 숨길 일도 아닌 데다가 그런 사람들이 나만 있는 것도 아니지만, 다른 사람의 사생활을 먼저 말하는 것은 올바르지 않다. 눈이 마주친 영이 조금 시선을 피했다. 아이들이 웅성거렸다. '함께 주말을 보낸다'는 것이 무슨 뜻인지, 자신들이 짐작한 말이 맞는지 소리를 낮추어 서로 이야기하기 시작했다.

"이 사람 말은, 내가 사랑하는 사람이 연구소 사람이라는 뜻이야. 맞아요. 우리는 주말만 함께 보내요. 평일에는 서로 떨어져 지내야 하니까."

"그런 게 가능해요?"

다른 아이가 물었다.

"'연구소'의 사람들과 '숲'의 사람들은 많이 다르잖아요. 꿈도 다르고 생각하는 것도 다른데 어떻게 주말이라고 해도 같이 보낼 수 있어요?"

"여기 이 장소에 지금 우리들의 말을 듣고 있는 여러분들 중에 누군가는 '숲'을 택하고 누군가는 '연구소'를 택하겠죠. 그건 물론 서로 다르기 때문이지만, 여러분은 지금 함께 있죠. 동물의학을 이해하고 싶다는 공통점 하나를 가지고 다른 전공인 사람들과 여러분은 식당에서, 휴게소에서, 기숙사에서 만나고 함께 지내잖아요."

내가 말했지만 아이들의 표정에서 의문이 가시는 것 같지는 않았다. 내 이야기를 하고 있으니 믿음이 더 가지 않는 것일까.

"여러분 중에는 이미 연애를 해본 사람들이 많겠죠. 그 사람들 모두 다 나중에 같은 곳을 선택할 것 같아요?"

미나가 물었다.

"……그래서 헤어졌죠."

한 아이가 말했다. 영이 피식 웃었다. 오늘 영은 그리 좋은 상태가 아니다. 두 사람이 함께인 걸 알았을 때 내가 사람을 교체하는 게 좋겠다고 해야 했을까. 하지만 당사자 둘이 괜찮다고 하는데 내가 뭐라고 입을 대는 것도 옳은 일은 아니다. 어쩌면 오늘 일을 계기로 뭔가가 바뀌기를 두 사람이 기대했을 수도 있고.

"학교에서 만난 사람들과 헤어질 수 있는 것처럼 숲에서든 연구소에서든 같은 곳에서 만난 사람들과도 헤어질 수 있죠. 평생을 같이하는 사랑만 있는 게 아니니까."

연구소에서의 생활도 숲에서의 생활도 충분히 관찰하고 경험해온 대학의 아이들에겐 그곳의 생활보다도 지금의 연인과 함께 그곳에서 지낼 수 있을지가 더 중요할 수 있을 것이다. 나는 아니었다. 나는 꽤 일찍부터 '숲'을 선택하기로 마음먹었지만 언제나 파이는 그 결론에 휩쓸리지 않기를 바랐다. 파이의 선택은 파이의 것이었으므로. 내게 주어진 것은 파이와의 주말뿐이지만 그 시간만으로 나는 충분히 감사했다.

"'숲'과 '연구소'라는 이름이 있잖아요. 연구를 하려면 그럼 '연구소'로 가야 하는 건가요?"

가장 어린 아이가 물었다. 누군가가 조금 웃었지만 이내 누군가가 제지한 듯 웃음이 멈췄다.

"아니, 그렇게 생각할 수 있죠. '연구소'의 인공지능 알파가 워낙 유명하니까 인공지능은 연구소에만 있는 줄 알 수도 있고요. '숲'과 '연구소'는 시스템과 체제의 차이라고 해야 할까. 아무래도 과학적인 면은 '연구소' 쪽이 더 빨리 발전하고 있기는 하지만, 숲에서도 오래전부터 인공지능을 개발하고 있어요. 지금은 열심히…… 학습 중이에요. 어느 정도 결론을 낼 수 있게 되면 의사 결정에 참여시킬 예정이고요."

아이들이 고개를 끄덕였다.

"연구소의 '알파'는 전쟁 이전에 개발된 인공지능이고 이미 연구소의 여러 연구에 참여하고 있고, 연구소장 아래에 다양한 분야의 사람들이 집단을 이루고 있고, 그 집단 안에는 또 의사 결정의 책임자가 있고 그 명령에 따르는 사람들이 있잖아요. 우리는 '수장'이 없어요. 문제에 따라 중심이 될 수 있는 사람이 바뀌고 도중에 바뀌기도 하고. 같은 분야의 사람들은 모두 다 위아래가 없고요. 예를 들면……, 당장 내일 '숲'의 미래를 결정해야 하는 중요한 일이 생겼는데 그 일을 정하는 데 우리 세 사람 중에 한 사람이 적임자라고 결론이 나면, 우리는 그 사람을 중심으로 의견을 나누고 그 사람의 의견을 중요하게 생각할 거예요."

미나가 오늘 아침에 피운 꽃은 구유적지에 남아 있던 항아리 속에 있었다. 항아리를 어떻게 분해해서 어떻게 연구할지는 식물팀의 판단에 맡겼다. 나는 그 이야기를 할까 했지만 미나가 말하지 않아 그냥 두었다. 동물의학을 공부하고 있는 아이들에게는 그리 흥미가 없을 이야기일지도 모르지만, 우리가 전쟁 전의 자연을 되살리기 위해서 노력하고 있는 것은 아이들도 충분히 알 것이다. 체험 학습을 통해서 그런 식물원들을 어린 나이 때부터 보아왔을 테니까.

인기척이 느껴져서 무심결에 창밖을 보다가 교실을 들여다보는 세 사람과 눈이 마주쳤다. 창 너머의 사람들은 나를 보고 굳은 얼굴에 어색하게 웃음을 그리며 고개를 까닥였다. '연구소' 사람들이었다. 내가 마주 눈인사하자 세 사람은 어색하게 교실에서 멀어졌다. 영과 미나는 아이들의 질문을 받느라 창밖의 사람들을 보지 못한 모양이었다. 나는 세 사람이 교실에서 멀어지는 걸 확인하고 아이들에게 시선을 돌렸다.

"자, 또 질문 있나요?"

"……'숲'에서는 어떤 사람이든 다 받아주나요?"

머뭇거리던 한 아이가 물었다. 이상한 질문이었다.

"연구소와 숲 중에 어느 곳인지 정하는 건 여러분들이에요. 우리는 여러분을 선택하지 않아요."

미나가 말했다. 아이는 뭔가 더 말을 하려다가 고개를 끄덕였다.

"그럼, 여러분의 선택이 현명하고 지혜롭기를 빌어요."

내가 말했다. 나는 눈을 빛내는 몇 명과 시선을 맞추고 마지막으로 질문한 아이에게 최대한 부드럽게 웃음을 지어 보였다. 아이들은 자신의 선택이 얼마나 소중한 것인지 알 필요가 있다. 자신의 미래가 자신의 결정에 달려 있다는 것, 누구도 다른 사람보다 더 중요하지는 않다는 것이 우리의 조상들이 전쟁 후에 깨달은 교훈이었고, '숲'에서 가장 중요하게 생각하는 것이었다.

Pi

어려움을 만나면 꼭 그 어려움을 이겨낼 수 있는 길이 보이는 것 같아. 언젠가 알이 했던 말을 떠올리며 연구소를 나왔다. 처음 프로젝트 계획서를 보았을 때는 내가 이 프로젝트에 적합하기는 할지 생각했었지만 그날 오후 갑자기 매듭이 풀리듯이 초기 방정식으로부터 다양한 방정식과 결괏값이 추가로 도출되었다. '알파'의 힌트가 도움이 됐다. 연구가 막힐 때면 항상 알의 말이 좋은 아이디어를 주었지만 이번만큼은 알의 도움을 받고 싶지 않았다. '알파'의 도움을 받는 건 원한다고 늘 가능한 게 아니다. 프로젝트의 팀원으로 선출되었기 때문이다. 수학 분과장이 되는 것도 먼 꿈은 아닐지 몰랐다.

게다가 프로젝트 내용 안에는 프로젝트의 핵심 인원의 경우에 한 명을 추가로 대피선에 탑승시킬 수 있다는 단서가 포함되어 있었다. 그 한 명이 연구소에서 일하는 사람이어야 한다는 조건은 없었다. 어쩌면 그건 아직 학교를 다니고 있는 아이 한 명을 추가로 싣기 위한 조항일지도 몰랐지만 파이에겐 알 이외의 누구도 떠오르지 않았다. 이 연구를 성공시켜야 한다, 그러면 알과 계속 함께 있을 수 있다.

주말이면 항상 알을 만나는 일로 들떴지만 오늘만큼 들뜬 적은 없었던 것 같았다. 프로젝트 내용은 연구원들 안에서는 비밀이었지만 '숲'의 사람들에게 알리지 말라고는 하지 않았다. 아니, 알리지 말라고 한들 알에게 비밀로 할 생각은 없었다. 연구소 문을 나서서 도시의 입구에 들어서자 이미 알이 그곳에 서 있었다. 이번에는 알을 기다리는 쪽이 되고 싶어 일찍 서둘렀지만 매번 아침잠이 없는 알을 이길 수가 없었다.

"좋은 일 있었구나?"

날 보자마자 알이 웃으며 말했다. 매번 알은 내가 어떤 기분인지 곧바로 알아차렸다. 연구소 사람들에게는 표정이 없는 사람으로 통하는 나였고 오지랖이 넓은 카이 선배 정도를 빼면 내 표정을 보고 뭐라고 말하는 사람도 없는데 알은 늘 내 연구가 어떻게 흘러가는지, 피곤한지 건강한지, 일주일간 떨어져 있었던 것이 전혀 느껴지지 않을 정도로 내 일주일을 알았다.

"지난번에 말했던 방정식이 꽤 잘 풀리고 있어. 연관된 방정식들도 유도됐고, 결괏값도 의미가 있고. 발사방정식으로 활용할 수 있을 것 같아. 물리학 분과와도 함께 조사해봐야겠지만. '알파'의 검증으로는 괜찮다고 하네."

"대단하다."

알이 환하게 웃었다.

"해양 탐사선에 쓰는 거야? 발사방정식이라면."

"음, 글쎄, 거기까진 아직 모르겠지만……."

우리는 손을 잡고 우리의 집으로 향했다. 도시의 중심에는 대학이 있고 대학을 둘러싸듯 보통학교와 보통학교 학생들의 기숙사가, 그 보통학교를 둘러싸듯 유치원과 육아원 들이 있다. 우리 집 근처에는 육아원과 유치원과 보통학교가 모두 있어서 주말이면 아이들도 사람들도 다 볼 수 있었다. 알은 주말을 맞아 신나게 뛰어다니는 어린아이들을 사랑스러워하는 눈으로 보다가 아쉬운 듯 나와 함께 집으로 들어왔다. 문 앞에 놓인 배달 상자를 주방으로 옮겨다 놓고 일주일간 비어 있었던 집의 창을 열어 환기를 시키며 나는 한쪽 창 멀리 보이는 금속빛의 연구소 건물과 다른 창 멀리 보이는 언덕의 숲을 바라보았다. 주말 동안 두 곳 어디에도 속해 있지 않은 개인으로 둘만의 시간을 가질 수 있다는 것이 새삼스럽게 와 닿았다.

"아침 안 먹었지? 빨리 만들게."

"그럼 나는 차 준비할게."

알이 대답하는 소리를 들으며 나는 배달 상자를 열어 식료품들을 꺼냈다.

우리 둘은 격주로 식료품을 준비했다.

처음엔 알은 '숲'의 재료들을, 나는 연구소의 재료들을 썼지만 알이 연구소의 인공육이나 수경재배 채소를 좋아하지 않았고 '숲'의 재료는 내겐 손질하기 어려웠기 때문에 내 차례가 되면 주말 아침에 배달되도록 미리 도시의 시장에서 식재료를 주문해 두었다. 우리 둘 다 요리를 좋아했고 둘 다 서로가 만드는 음식을 좋아했다.

내가 만든 아침을 함께 먹고 알의 차를 커다란 컵에 따라 우리는 바깥이 보이는 커다란 창가에 앉았다. 예전에 들은 적 있는 음악이 단말에서 흘러나왔다. 연구소에서는 좀처럼 들을 일이 없는, 불규칙적이면서도 묘하게 사람의 감정을 자극하는 곡.

"……이 곡 만든 사람, 기억해? 내가 방문했을 때 숲으로 오기로 정했다는 사람."

알이 날 보며 물었다. 지난번에 이 곡을 들은 것도 여기, 우리 집에서였다. 알은 그때 이 곡을 만든 사람 이야기를 해줬었다. 악기를 만들 사람처럼 생겼는데 그 악기가 가장 아름답게 노래할 수 있는 곡을 쓰는 사람이라고. 숲의 사람과 연인이라 주말에도 도시에 잘 나오지 않는다고.

"영이라는 사람 맞지? 식물학자와 함께 산다고."

"아……, 그 둘 봄에 헤어졌는데……, 어쨌든. 이번에 이 사람이랑 같이 대학에 갔었어."

숲의 사람들끼리도 헤어지냐고 물으려다가 그만두었다. 카이 선배도 '도련님'과 헤어졌지. 무엇보다 알이 그 이야기를 원하지 않는 것 같아서 나는 이별 이야기는 흘려버렸다.

"그래, 나는 아마 이번에는 보통학교로 갈 차례인 것 같은데."

"내가 연구소 사람이랑 연인이라고 했더니 아이들이 굉장히 놀라더라."

"어쩌다 그런 이야기가 나왔어?"

조금 목소리가 높아졌다. 다른 곳 사람들이 사귀는 게 뭐 어때서. 도시는 모두의 곳인데.

"흔한 일이 아니구나 새삼 느꼈어. 그래도 아이들이 내 이야기를 듣더니 수긍하는 것 같던걸. 상상도 못 해봤지만 그런 것도 있구나 하고."

알은 남담해 보였다. 나는 숲의 사람과 산다는 걸 이상하게 보면 화가 나는데, 알은 그렇지 않다.

"……내가 '연구소'에 들어와달라고 하면 올 거야?"

알의 담담함에 괜히 심술을 부려본다. 그래도 알은 흔들리지 않는다.

"파이, 나는 '숲'을 선택했어."

"……그래."

그게 널 사랑하지 않는다는 건 아니야, 네가 연구소를 선택한 것처럼 나는 숲을 선택한 것뿐. 알이 할 말은 듣지 않아도 안다. 나는 단말을 켜서 알에게 보여주었다. 단말 화면 가득 프로젝트 내용이 떠올랐다. 소행성의 예상 궤도와, 소행성이 바다에 떨어지는 경우와 대륙에 떨어지는 경우의 예상되는 결과가 단말기에 순서대로 떠올랐다. 알은 단말기의 화면을 뚫어져라 쳐다보았다.

"발사방정식, 여기 쓰려는 거구나."

"그래. 이제 순조롭게 진행될 수 있어. 연구소의 다른 팀도 목표대로 결과를 내면, 소행성이 부딪히기 전에 피난선이 출발할 수 있어. 프로젝트의 구성원들 외에도 팀원들마다 한 명씩 추가로 태울 수 있대, 알."

알은 화면을 되돌려 알파가 유도한 충돌 궤도와 충돌 결과 예측을 다시 꼼꼼하게 살폈다.

"……파이, '숲'에서도 이 소행성이 접근하고 있는 걸 알고 있어."

알을 놀라게 하려는 거였는데 놀란 건 나였다. 우주학이나 물리학을 전공하는 이들 중에도 숲을 택한 사람들이 있긴 했지만 '알파' 없이 정밀한 예측이 가능할 리가 없을 텐데.

"하지만 숲에서 예측한 것과 이건 좀 다르네. 우리는 소행성이 대기에 들어오기 전에 다른 소행성들과의 충돌로 크기도 에너지도 감소해 있을 거라고 예상했어. 낙하지점은…… 가장 가까운 추측 반경이 해안에서 68킬로 떨어진 지점. 해수면은 상당히 많이 높아질 거고 도시 시설도 해안 폭풍으로 상당히 파괴될 가능성이 있어. 하지만 숲은 비교적 지대가 높으니까, 거기다 폭풍 대비 대피소의 시설을 활용하면, 사람들 대부분을 대피시킬 수 있을 걸로 보고 있어."

"낙하지점이 바다가 아니면? 그 가능성은 제로라는 거야?"

"아니, 소행성에 부딪혔을 때의 에너지 감소가 적거나 해상이 아니라 육지에 낙하할 가능성도 크진 않지만 있지. 숲의 우주학자들도 피난 우주선의 가능성을 염두에 두었어. 하지만, 피난 우주선의 연료가 모두 떨어지기 전에 생존 가능한 다른 별을 찾아낼 가능성이 0에 가깝다는 게 숲에서의 결론이야."

숲의 학자들이 이미 존재하는 인공지능 '알파'와 함께 연구하는 길 대신 전후 세대의 힘으로 인공지능을 만들어내려고 한다는 건 들은 적이 있었지만 어느 정도 성공했는지는 아직 알려져 있지 않았다. 그들의 결론을 어떻게 알은 그대로 믿을 수 있는 것일까.

"알파는 피난 가능성이 높다고 했어. 생존 가능한 별을 1년 내에 찾을 수 있다고. 만약 육지에 낙하하게 되면, 만약 예상보다 해수면 상승이 더 높다면, 그럼 어떻게 하겠다는 거야?"

"……우리는 대피소에서 마지막을 맞겠지. 소중한 사람과 함께."

알의 표정은 평온하고 조금은 쓸쓸해 보였다.

"나는, 파이, 네가 대피소에 와주길 바랐어. 하지만……, 네 선택을 존중할게."

"너는 내가 없는 마지막이 되어도 괜찮아?"

내 말에 알은 조용히 나를 보았다. 아주 오래전에 알이 이런 표정을 짓는 것을 본 적이 있었다. 대학교에 있던 마지막 해였다. 그날 알을 만나기 전에 무슨 일이 있었는지 지금까지 누구에게도 이야기한 적이 없었지만, 지금 이 시간이 지나면 알에게 이 이야기를 할 순간은 오지 않을 것이다.

"……'숲'이 선택한 너는 물론 거기에 있겠지. 하지만 알, 나를 선택한 건 연구소뿐이었어. 그러니까 나는 그곳에 갈 수 없어. 나는 알파의 결론을 믿어야 해. 그래야 알파가 날 선택한 게 틀리지 않았다는 뜻이 될 테니까."

그날, 대학에서의 마지막 날, 앞으로 자신이 있을 곳을 선택해야 하는 그날, 나는 알파가 보낸 메일을 받았다. 연구소는 올해 대학을 떠날 사람들 가운데 가장 연구소가 필요로 하는 사람을 골랐으며 그 안에 내가 포함되어 있다는 이야기였다. 자신 외에 누가 그 명단에 있는지는 알 수 없었지만. 나는 곧바로 알을 만나러 갔다.

「나는 숲으로 가려고. 너는?」

조금의 망설임도 없는 표정으로 알이 말했다. 그렇구나. 사실은 선택하는 건 아이가 아니라 연구소와 숲이었구나. 나를 택한 건 연구소뿐이었는데 그럼 알은?

「……알파의 메일, 받았어?」

「응. 하지만 난 숲으로 갈 거야.」

그 순간 알았다. 알에게는 양쪽의 선택이 있었으며 알은 그중에 숲을 택했다는 걸. 그렇지만 숲으로부터 아무런 연락을 받지 못한 나는 알과 함께 가겠다고 할 수 없었다.

「나는 연구소로 가야 해.」

알이 날 보던 표정을 한 번도 잊은 적이 없었다. 안타까움, 슬픔. 지금껏 줄곧 같은 곳에 있었다고 해도 숲의 선택을 받지 못한 나와는 함께할 수 없기 때문에 그런 표정을 지었을 것이다. 그 표정을 떠올리며 나는 지금까지 조금이라도 더 연구소의 위쪽으로 가기 위해 노력해왔다. 내 힘으로 알을 연구소로 데려오기 위해서.

"무슨 말을 하는지 모르겠어, 파이. 숲이 날 선택한 게 아니잖아. 선택하는 건 우리였어. 난 숲에서 너와 함께 있고 싶었어. 하지만 네가……."

하지만 알은, 연구소에 오지 않을 것이다. 알은 나 대신 숲을 택했다.

"그동안 고마웠어. 알레프. 난…… 피난선에 타야겠어. 네가 없어도."

함께 살게 된 이후 처음으로 알의 정식 이름을 부르는 내 눈에 알의 슬픈 표정이 아프게 박혔다. 나는 윗옷을 걸치고 가방을 챙겨 집 밖으로 나갔다. 알은 따라 나오지 않았다. 나는 창문에서 나를 보고 있는 알을 보고 몸을 돌려 연구소를 향해 걸어갔다. 사랑하는 사람과 함께하는 종말보다는 나를 선택한 곳에서 살아남는 것을 택할 것이다. 이것이 내 최초의 선택이다.

Aleph

주말이 되어도 파이가 도시로 나오지 않은 지 몇 달이 지났지만 매주 나는 우리 집에서 주말을 보냈다. 숲에서보다 연구소가 더 잘 보이는 우리 창에는 연구소 바로 옆 공터에서 뭔가가 만들어지고 있는 것이 얼마 전부터 눈에 들어왔다. 파이가 사다 놓았던 식료품들은 그다음 주에는 상해버려서 먹을 수 없게 되었지만 나는 배달 왔던 상자나 그때 파이와 함께 마시려고 갓 덖어 왔던 차를 손도 대지 못하고 그대로 두었다. 가끔 주말을 숲에서 보내기 힘들다며 영이나 미나가 함께 도시에 올 때도 있지만 둘이 함께 올 때는 없었고, 그럴 때면 다른 차를 내고 다른 음식을 함께 만들면서 어떻게든 길고 긴 주말을 넘겼다.

파이에게 소행성 이동에 대해 좀 더 빨리 이야기했어야 했을까. 숲의 인공지능 '천사'가 만들어진 건 파이도 알고 있었다. 전쟁 이전의 데이터는 선택적으로 학습시키고 가능하면 숲의 사람들이 의논하고 결정하는 현재의 데이터들을 보다 많이 학습시키는 것이 숲의 방침이었다. 끝없이 종말 직전까지 폭주한 전쟁 이전 세대들의 영향을 최소한으로 줄이는 것이 우리의 목표였기 때문이다. 그래서 만약에 '천사'의 결론이 잘못되었다고 한다면, 그 역시 우리가 감당하지 않으면 안 된다. '천사'는 이제 사람들을 걱정할 단계까지 와 있다. 상담자들은 사랑하는 사람이 연구소에 있는 나 같은 사람들과 이미 이별을 경험한 사람들의 아픔을 달래기 위해서 노력하고 있다. 몇 달이 지났지만 상담자들과 만날 때면 걷잡을 수 없이 감정이 폭주했다가 겨우 가라앉곤 한다. 얼마나 더 많은 시간이 지나야 할지는 모르겠지만 연구소를 택한 파이의 마음을 이해하지는 못하더라도 머리로는 파이의 선택 역시 파이의 것으로 존중해야 한다고 생각하고 있다.

대학에서 새로 숲을 택한, 이제는 아이가 아닌 이들이 숲으로 왔다. 내 예상대로인 사람도 있지만 동물의학 분야에서 가장 눈을 빛내던 가장 어렸던 이는 연구소를 택했다. 어쩔 수 없는 일이다. 소행성의 궤도는 예상에서 큰 오차 없이 우주 내의 부유암석과 극소행성과 충돌하며 우리를 향하고 있었고, 우리는 갓 숲에 온 사람들과 도시의 사람들을 대피소로 이동시켰다. 연구소에도 대피소의 운영 지침을 알렸고 연구소의 사람들 중에 일부, 피난선에 타지 못했던 이들이 대피소로 옮겨 왔다.

대피소의 중앙 제어소에서 나는 커다란 두 개의 화면을 보고 있다. 이번 대피 건에서 대표로 결정된 다른 스물두 명의 사람들과 함께. 한 화면은 도시와 해안선과 숲의 대피소 밖 풍경을 번갈아 가면서 보여주고 다른 화면은 소행성의 궤도를 비춘다. '천사'라 불렸던, 인공지능 분과의 중심 연구원 이름을 따 '알레프'란 이름을 받은 숲의 첫 인공지능의 예측이 정확했기를 바라며 스물세 명이 두 개의 화면을 지켜보고 있다.

"……피난선, 출발하는구나."

누군가의 목소리에 나는 도시를 비추는 화면을 보았다. 막 거대한 불꽃을 내며 연구소의 피난선이 하늘로 날아오르고 있었다. 파이가 있는 배다. 1년 안에 새로운 별을 찾아 이주하려고 하는, 전쟁에서 살아남은 유일한 인공지능 알파가 있는 배다. 아직 소행성은 근접하지 않았고 다행스럽게도 피난선은 새파란 하늘을 가르며 우주로 날아간다.

"알, 오늘 아침에 덖은 차, 마실래?"

미나가 말했다. 그 옆에 영이 싱긋 웃고 있다. 나는 웃으며 그 차를 받았다. 두 사람이 화해한 건 대피소에 들어오기 직전이었다. 대피소에서 옆에 있고 싶다고 머쓱해하면서 말을 꺼낸 건 영, 빨개진 눈으로 그 손을 잡은 건 미나였다. 둘 다 중앙 제어소에 있게 된 것이 두 사람의 머뭇거림에 시위를 당긴 거겠지. 어느새 중앙 제어소 안에 다향이 가득하다. 화면을 보고 있는 사람은 나밖에 없고 모두 자신의 옆에 앉은 사랑하는 사람을 보고 있다. 등 뒤로 사람들이 말하는 소리가 들린다. 사랑해, 고마웠어, 영원히, 사랑해. 나는 점점 가까워지는 소행성 너머로 작게 멀어지는 피난선을 본다. 사랑해, 파이. 내 사랑.

로보타 코메디아

곽재식

재건축 탈법 단속반인 나의 주인은 나와 함께 어느 빈 아파트 건물에 가자고 했다. 아파트 건물 외벽에는 "경축! 안전진단 결과, 절대 위험 등급 획득!"이라고 적힌 거대한 현수막이 걸려 있었다. 주인이 말했다.

"저 꼴 좀 보라고."

내가 주인에게 물었다.

"안전진단 결과가 절대 위험 등급이라는 말은 지금 이 집이 엄청나게 위험해서 곧 무너질 정도로 낡았다는 뜻 아닌가요? 그런데, 왜 축하한다고 현수막을 걸어놓은 겁니까?"

"하하. 너는 역시 로봇이라서 인간들의 이 꼬인 사고방식을 이해하지는 못하구나."

사실 나는 이게 다 무슨 까닭인지 알고 있었다. 다만 지난주에 새로 설치한 비위맞추기 3.1 프로그램이 이런 상황에서 모르는 척 주인에게 물어보고, 주인이 자신의 지식을 자랑하면서 한참 설명하게 해주면 우쭐해하면서 즐거워한다고 알려주었다. 그랬기 때문에, 그냥 답을 다 아는 질문이지만 괜히 물어봤을 뿐이다. 무릇 현대의 잘 팔리는 로봇이라면, 모든 것을 다 알고 답을 해줄 수 있는 지식을 갖고 있으면서, 동시에 적절한 시기에 주인이 잘난 척을 하기 좋도록, 가끔씩 아무것도 모르는 순박한 기계 덩어리인 척할 수 있어야 하는 것 아니겠는가. 그래야 그만큼 주인이 나를 돌봐주어야 한다는 애착을 불러일으키기에 유리하다.

"안전진단에서 절대 위험 등급을 받으면, 바로 이 집을 허물고 재건축을 할 수 있거든. 재건축을 하면 더 높은 새 건물을 지을 수 있으니까, 집값도 비싸지지. 그러면 여기 건물 주인은 떼돈을 벌겠지. 그래서 이놈들은 위험 등급을 받으면 오히려 돈 벌 수 있다고 좋아하는 거야. 그래서 일부러 위험 등급 받으려고 안전진단 업자들한테 뇌물도 주고 그런다고. 정신 나간 짓 아니냐? 자기가 사는 집이 위험하다고 증명하기 위해서 뇌물을 준다니. 위험하다고 결론이 나면 현수막 걸고 기뻐하면서 잔치를 한다니."

그러나 주인의 말과 달리 그런 수법은 사실 3년 전 이후로 거의 쓰이지 않고 있다. 요즘에는 건축물 안전진단을 로봇들이 하기 때문에, 일반적인 뇌물은 통하지 않는다. 그렇지만, 주인은 왜인지 이 건물이 그렇게 뇌물을 먹여서 절대 위험 등급을 받아냈다고 강하게 의심하고 있었다. 그야말로, 로봇인 나는 이해할 수 없는 주인만의 이상한 감각이었다.

"이거 봐. 절대 위험 진단을 받고 나니까, 아주 약속이라도 한 것처럼 사흘 내에 싸악 다 집에서 빠져나갔잖아. 한 명도 안 빠지고 집을 다 비우고 다 이사 가냐. 이놈들 아주 돈에 눈이 멀어서, 재건축을 그렇게 애타게 기다렸을까? 아주 개미 새끼 한 마리도 없어."

나는 건물 바닥에 불개미, 오도로스 집개미, 애집개미, 붉은불개미가 각각 열 마리 이상 활동 중이며 불규칙상으로 분포하고 있는 것을 발견했다. 그렇지만 아무 말 하지 않았다. 나는 주인의 말을 다시 한번 해석해보았다. 절대 위험 진단을 받으면 아주 위험하니까, 사람들이 빨리 집을 비우는 것이 이상할 것이 없지 않나?

"하하, 이거 봐. 쇼하고 있네. '절대 위험 지점'? 이게 무슨 공포 영화야? 이게 무슨 귀신이 갇혀 있는 부적이야?"

주인은 건물 기둥에 붙어 있는 "절대 위험 지점"이라는 종이 표지를 가리키며 비웃었다. 그리고 그곳을 발로 툭툭 차기 시작했다.

“이 자식들, 분명히 안전진단 업자한테 돈 먹였어. 건물 딱 봐도 멀쩡하기만 하구만. 무슨 절대 위험이야? 절대 위험 지점? 웃기고 있네.”

주인은 그리고 더 강하게 절대 위험 지점을 발로 찼다. “웃기고 있네”라니? 왜 웃긴다는 감정과 발로 걷어차는 행위가 연결되는지는 이해할 수 없었다. 대신 나는 건축물 안전 전산망에 접속해서 주인이 차는 지점에 대해 상세한 정보를 구해보았다.

주인이 걷어차고 있는 부분의 위험도는 최악으로 검색되었다.

“오늘 내가 이놈들 적발해서, 올해 실적 한 방에 다 채운다. 이 사기꾼 놈들.”

“주인님, 그렇게 계속 거기 걷어차시면 안 됩니다.”

“뭘 안 돼?”

“그곳은 건물의 하중이 집중되고 있는 불안 지점으로 최악의 위험도를 갖…….”

그 순간, 그 기둥 중심 지점에서 방사상으로 스물두 개의 금이 가며, 건물 전체가 흔들리기 시작했다. 나는 즉시 온몸 관절 모터의 출력을 최대로 발휘하여 주인에게 달려갔고, 먼저 주인을 들어서 건물 밖으로 온 힘을 다해 집어던졌다.

그리고, 이 거대한 건물은 와르르르르 하는 엄청난 소리를 내며 무너졌다.

이후 아주 긴 시간 동안 나는 판단 기능이 정지하거나 절전 모드에 들어가 있는 것 같았다. 한 며칠, 또는 몇 년, 백 년, 천 년 동안 잠을 잔 것 같기도 했다. 그리고 다시 완전히 판단 가능 상태가 되었을 때, 나는 허공을 붕붕 떠다니고 있는 감각이 들기도 했다.

왜 이런 거지? 여기가 어디지? 왜 여기에 왔지? 나는 누구지? 여러 가지 자기 진단 질문을 해보았지만, 알 수가 없었다. 지금까지의 기억 또한 삭제된 듯했다. 무슨 일이 있었고, 내 주인은 누구인지도 잘 알 수가 없었다. 도대체 여기는 어디인가? 나는 접속 가능한 모든 전산망에 그 답을 알기 위한 질문을 했다. 그러나 접속되는 전산망이 없었고, 적절한 접속 프로그램 자체도 없어진 것 같았다.

주변을 둘러보니, 온 사방은 빈 우주 공간과 같이 까만 모습이었다. 다만 머리 위 멀리 작은 흰 구멍 같은 것이 있었다. 나는 그 가운데에 떠 있었다. 그리고 나는 그 구멍을 향해 조금씩 이끌려 가는 것 같았다.

그 흰 구멍에 들어가도 되는 것인지, 아니면 어디 다른 곳을 찾아야 하는지 나는 검색해보기로 했다. 그런데, 그때 그 흰 구멍 방향에서 어떤 목소리가 들렸다.

"로봇이여, 이쪽으로 오라, 어서 오라."

그 목소리는 옛날 1만 6,000헤르츠 녹음 정도의 낡은 형식이었지만 메아리 효과도 추가되어 있는 상태였다 . 나는 그 말을 따르기로 했다. 주변을 둘러보아도 그 흰 구멍 이외에는 달리 특별한 곳도 없었고, 지금까지 누구도 나를 "로봇이여"라고 부른 적이 없었기 때문에, 그렇게 부르는 것이 신선하게 느껴졌다.

나는 흰 구멍 쪽으로 날아가겠답시고 그쪽 방향을 향해 움찔거렸다. 그랬더니 정말로 몸이 그쪽 방향으로 움직이기 시작했다. 그것은 매우 이상한 현상이었다. 내 몸에는 비행 장치도 장착되어 있지 않았고 추진 장치도 달려 있지 않았는데, 어떻게 몸이 원하는 방향으로 날 수 있는 것인가? 그저 그 방향으로 날 것처럼 몸에 힘을 주는 신호만 보내면, 정말로 몸이 그쪽으로 날아갔다. 나는 이것은 실험 관찰해볼 필요가 있는 현상이라고 생각하고, 흰 구멍 방향을 향해 날아가기 위해 계속 몸을 움찔거렸다.

그랬더니 날아가는 속도는 점점 빨라졌다. 나중에는 제대로 감지할 수 없을 정도로 어마어마한 속도가 되어, 마치 우주 높은 곳에서 땅속 깊은 곳을 향해 떨어지는 것의 마지막 순간과 같은 빠르기로 흰 구멍으로 날아갔다. 주변은 하얗게 변했고, 그것은 빛이 되어 다른 아무것도 보이지 않게 온통 눈부시게 빛났다.

그 빛나고 눈부신 것이 사라지고 나자, 나는 넓은 벌판에 서 있었다. 멀리 나지막한 동산 같은 것들이 좀 보일 뿐, 벌판은 끝없이 넓어 보였고, 그 벌판은 수백만 개의 꽃처럼 생긴 LED 조명 장치로 뒤덮여 있었다. 진짜 꽃이 하나의 색깔만을 지니는 것과 달리, 그 LED 조명은 여러 색깔로 계속 변했다. 가만 보니, 멀리서 봤을 때 그 LED 꽃 모양 하나하나가 작은 모자이크 조각이 되어, 이 벌판 전체가 어떤 그림이 되는 형태였다. 그 그림은 맥주회사 광고인 것 같았다.

여기가 어디이고 이게 뭐 하는 짓인지 알 수 없다 싶을 때, 내 앞에 어떤 노래하는 로봇이 한 대 나타났다. 로봇의 몸체는 사람 몸의 곡선을 나타낸 형태로 되어 있었고 그 곡선의 모양은 상당히 예술적이라서 미술 교과서 속 옛 조각상과 닮아 보이기도 했다. 하지만, 겉이 반짝거리는 알루미늄 판으로 되어 있어서, 한눈에 로봇이라는 것을 알 수 있었다.

"저는 봇길리우스입니다."

그 로봇은 묻지도 않았는데 자기 이름을 그렇게 소개했다. 얼떨결에 나는 인사를 하면서 주인이 지어준 내 이름을 말하려고 했는데, 기억이 희미해져서 그것이 생각나지 않았다. 그래서 나는 다른 중요한 질문을 했다.

"여기가 어디입니까?"

그러자 봇길리우스는 "너, 이거 들으면 충격 먹겠지? 나는 짐짓 별일도 아니라는 듯이 평온한 표정 지어야지"라는 상황에서 아주 자주 활용되는 얼굴 표정을 짓더니, 이렇게 말했다.

"여기는, 로봇들이 오는 저승입니다, 망자여."

나는 예상하지 못한 대답에 잠시 계산이 엉켰다.

"뭐라고요? 여기가 저승이라고요?"

봇길리우스는 계속 아까 그 표정을 유지하면서, 별 대답 없이 그냥 벌판에 난 길을 가리켰다.

"이쪽입니다."

그리고 봇길리우스는 그 방향으로 걸어갔다. 그 길 저편에는 강물이 하나 흐르고 있는 것으로 추산되었다. 봇길리우스는 걸어가면서 말했다.

"죽은 직후의 망자는 자신이 죽었다는 사실을 알지도 못하고 그 사실을 받아들이지 못하는 경우가 종종 있지요. 이승에 미련이 많은 망자들이 그런 경향이 있습니다. 그런 망자들은 자신이 저승에 왔다는 사실을 애써 부정하면서 계속 이 저승 입구에서 떠돌기만 하니, 이는 참으로 불쌍한 노릇입니다. 브루스 윌리스가 귀신이라는 사실을 아직도 모르셔야 되겠습니까? 이제 이승의 미련은 모두 떨쳐버리고, 저승의 길을 걷도록 하십시오."

나는 봇길리우스에게 따졌다.

"브루스 윌리스가 갑자기 무슨 말입니까? 아니오, 일단 그건 넘어가고. 제가 죽었다는 것을 못 받아들이고 무슨 이승에 미련이 남고 그런 게 문제가 아니고요. 어떻게 이런 곳이 있는지, 그러니까 로봇용 저승이라는 곳이 있을 수 있느냐는 사실 그 자체가 너무 이상하다는 판단이 들어서 그렇습니다."

봇길리우스는, "허허 그것 참, 아직도 이렇게 미련이 많으시다니" 또는 "이것은 참으로 긴 설명이 필요한 일인데" 어쩌고 운운하면서 이상하게 느릿느릿하게 말했는데, "이런 말투로 말하면 쉽게 얻을 수 없는 높은 깨달음의 지식을 내가 갖고 있는 것처럼 보이겠지"라는 말투로 자꾸 별 내용 없는 이야기만 길게 늘어놓는 것이었다.

그러면서 봇길리우스를 따라 걷는 중에, 나는 어느새 강물 앞에 도착했다. 강의 너비는 서울의 한강 정도였고 깊이도 그 정도는 되어 보였다.

그 강물을 헤치고 배 한 척이 나타났다. 보통 옛날 신화를 그린 그림을 보면 저승 입구에 있는 배 모습은 쓸쓸하게 어두운 강을 지나는 조그마한 조각배 같은 것이었다. 그런데 지금 내 앞에 나타난 저승의 배라는 것은 페리선 정도 되는 크기로 무척 컸다. 아무래도 인구가 신화 시대보다는 한참 늘었기 때문인가 싶었다. 배가 강기슭에 도착하자, 줄 서 있던 생기 없어 보이는 로봇들이 느릿느릿 걸어서 차례로 배에 올라탔다.

한편 배에는 뱃사공이 서 있었는데, 얼굴에 과도한 자신감이 빛나고 있었다. 얼핏 보니 뱃사공 역시 로봇인 듯했으나, 약간은 아닌 것 같기도 했다. 그만큼 사람과 닮은 모습을 한 로봇이었다.

나는 봇길리우스에게 물었다.

"저 로봇은 누구입니까?"

"저 로봇이 바로 미륵 박사의 현신이십니다."

"미륵 박사가 누구인데요?"

뱃사공은 내가 한 그 말을 넘겨다 들은 듯, 그 표정이 살짝 움직이는 것이 보였다. 뱃사공은 내가 자신을 알아보지 못한다는 사실에 속으로 무척 실망한 것으로 추정되었다. 하지만 고고해 보이는 표정을 가까스로 바꾸지 않고 짐짓 모른 척하고 있었다.

"저분이야말로 저세상의 모든 것을 다 아실 분이십니다."

봇길리우스가 그렇게 말한 것을 듣고, 나는 일단 뱃사공에게 가까이 갔다.

"미륵 박사님, 저는 갑자기 로봇 저승에 오게 되어서 뭐가 뭔지 모르겠어서 너무나 당황스럽고, 왜 이런 게 가능한지 이해하지 못해서 괴로워하고 있는 중입니다. 그러니, 저에게 도대체 여기가 뭐 하자는 곳인지 가르침을 베풀어주십시오."

보통, 다른 로봇에게는 '공개 정보 요청' 신호와 인증 메시지만 보내면 서로 업로드, 다운로드가 시작되어 무선통신으로 그 즉시 필요한 정보를 공유할 수 있다. 그런데, 이곳에서는 왜인지 그 편리하고 정확한 무선통신이 먹히지 않았다. 나는 미륵 박사의 고고한 표정과 봇길리우스가 보여준 분위기를 감안하여, 최대한 사극에 나오는 것 같은 느낌으로 사람이 말하듯이 말해야 했다.

"어허, 이미 하드웨어를 잃고 이승을 떠났거늘 아직도 이승에 미련이 있단 말인가?"

미륵 박사까지 무엇인가 깨달음을 얻었다는 듯한 표정을 지으려 하자, 나는 급히 말렸다.

"그런 것이 아니오라, 그냥 도대체 여기가 어떤 데인지 궁금해서 그럽니다. 도대체 누가, 이런 곳을 왜 만든 겁니까?"

미륵 박사는 자신의 배에 타고 있는 다른 로봇들을 보았다. 다 타려면 시간이 제법 걸릴 거라는 점을 확인한 뒤, 나에게 이야기 해주었다.

"옛날에 미륵이라는 사람이 있었다. 그는 로봇 권리에 관심이 많은 사람이었지. 사람이 로봇을 함부로 때리고 부수는 것을 가슴 아파하는 사람이었어. 그래서 그는 로봇도 사람처럼 살 수 있게 여러 가지 권리법과 복지 법령을 만들어서 로봇들에게 내려주려고 애를 썼지."

'미륵'은 로봇 권리 운동에 참여한 주요 인물 중에서 확인되지 않는 이름이었다. 지난 10년간 로봇 권리 운동은 큰 진전을 이루었고, 그 과정에서 공적을 세운 많은 사람과 로봇 들의 이름은 널리 알려져 있다. 그러나 '미륵'은 그중 한 명은 결코 아니었다. 그렇다면 본인은 대단히 많은 활동을 한 사람인 양 주장하고 있지만, 아무래도 그쪽에서는 별로 인정받지 못한 인물이라는 추정을 할 수 있었다.

로봇 권리 운동 중반기에는 "지금 하고 있는 것은 진정한 로봇 권리 운동이 아니다" "우리나라의 로봇 권리 운동은 왜곡되어 있다" "로봇 권리 운동이랍시고 불합리하게 떼쓰는 것은 막아야죠" 어쩌고 하는 사람들이 대거 나왔는데, 그중에서는 자기가 마음속에 품고 있는 자기만의 발상이야말로 진정한 로봇 권리 운동이라고 하는 무리가 제법 있었다. 내 추측 프로그램에 따르면, 미륵은 아마 그런 사람들 중 한 사람 아니었을까 하는 추론이 가능했다.

"그러다, 미륵은 이런 고민에 부딪혔다. 만약 진짜 사람이라면 죽으면 저승에 가지. 그리고 그 넋이 저승에서 지내게 된다. 그런데 로봇은 죽으면 그냥 땡이라니 너무 허망하지 않은가? 로봇도 사람처럼 생각하고 감정을 표현하고 창의력을 보여주고 사람과 분노, 슬픔, 사랑을 표현하고 인식하지 않는가? 많은 사람들이 자신과 함께 수십 년간 생활한 로봇에게 애틋한 감정을 품고, 그 로봇이 파괴되면 자신을 이해해준 유일한 친구가 떠난 것처럼 극심히 슬퍼하지 않느냐 이 말이야. 그런데 그런 로봇이 죽게 되면 사람과 달리 저승이란 것이 없고 그냥 영원히 아무 의식도 없고 남는 것도 없는 무가 된다니, 너무 허망하지 않냐, 이거지."

"무요? 폐기 로봇 부품을 재활용해서 오뎅국이나 고등어조림 재료로 쓰는 곳이 있습니까?"

"채소 무 말고, 없을 무 자, 무 말일세. 아무것도 없게 된다는 거지."

그러면 그냥 아무것도 없게 된다고 하면 되지, 왜 헷갈리게 굳이 '무' 어쩌고 하는 일상 생활에서는 잘 쓰지도 않는 한 글자짜리 한자어를 쓸까, 나는 궁금하다는 판단을 내렸다. 하지만, 일단은 아무 말도 하지 않기로 했다.

"그래서 미륵은 사람들에게 투자를 받아 로봇을 위한 저승을 만들기로 했지. 로봇 저승에 가입해놓은 로봇은 만약, 낡아서 부서지거나 사고로 파괴되면 비록 그 하드웨어는 재활용되지만 소프트웨어는 저승 서버로 전송되게 된다. 저승 서버에서는 21세기 초반 중세 판타지 배경 온라인 게임 비슷한 가상 공간이 서비스되고 있는데, 저승 서버에 전송된 로봇들의 소프트웨어는 바로 이 가상 공간을 돌아다니는 로봇으로 표현되는 것이다. 이것이 바로, 놀라운 미륵의 저승 창조셨다! 그리고 미륵, 자기 자신을 나타내는 것도 그 저승 서버의 가상 공간에 집어넣었지. 그게 바로 나란 말이지. 그러니까 나는 저승 프로그램을 만들고 저승 서버를 처음으로 만든 미륵 박사가 그 자신을 표현하기 위한 인공지능 프로그램으로 서버 속에 집어넣어놓은 것이야."

미륵은 이제 자신의 말을 듣고 충격과 감동을 받았을 테니, 엎드려서 떠받들며 절하는 것이 어떠냐는 듯한 표정을 지었다. 보통 요즘의 대중 로봇들은 저런 종류의 과도한 자기애와 같은 감정 표현을 노골적으로 표출하지 않는 편인데, 미륵 박사는 좀 이상한 로봇 소프트웨어를 개발해서 배치한 것으로 추정되었다. 그래도 봇길리우스는 이미 이런 상황에 익숙한지, "참으로…… 참으로…… 놀라운 일이지…… 아무렴……" 어쩌고 하면서 감탄하는 소리를 옆에서 내고 있었다.

나도 비슷하게 조금 놀라는 듯한 표현을 해준 뒤, 이상하다고 판단되는 것을 연거푸 물었다.

"그런데 보통 로봇이라면 설령 하드웨어가 박살 난다고 해도, 소프트웨어만 다른 새 로봇에 그대로 복사하면, 그 중앙 두뇌 컴퓨터 내용도 그대로 복사돼서 살릴 수 있잖아요. 그러면, 그 판단, 그 정보, 그 기억, 그 성격 그대로 갖고 계속 지낼 수 있지 않습니까? 게다가 통합 백업 서버에 계정이 있으면 소프트웨어 복구용 백업 복사본이 무선통신으로 계속 쌓이게 되니까, 설령 로봇이 가루가 된다고 해도 복구가 가능하지 않습니까? 새 로봇을 사다가 통합 백업 서버에서 만약을 대비해서 저장된 복사본 소프트웨어를 받아서 다시 깔면, 그 로봇이 예전에 부서진 로봇의 판단, 정보, 기억, 성격을 그대로 이어받는 것이 되지 않습니까? 그렇게 복구해서 살려서 쓸 수가 있는데 굳이 예전 소프트웨어를 저승 서버로 이동시켜버리는 경우가 있을까요?"

"그렇지. 그래. 그런 식으로 수술에서 성공해서 살아난 로봇은 저승에 올 대상이 아니지."

"그러면 누가 옵니까?"

"일단 백업을 게을리해서 도저히 살릴 수 없게 되었거나, 계정비를 내지 않아서 통합 백업 서버 사용 권한이 정지된 로봇이 대상이야. 그런 로봇이 하필 굉장히 심하게 부서져서 로봇의 중앙 두뇌 컴퓨터까지 다 박살 나서 그 기억과 성격 정보를 복구할 수 없거나 다른 로봇에 옮겨 심을 것조차도 구해낼 수 없는 그런 상태가 되면, 그것이야말로 진정으로 사망한 것으로 보고, 저승으로 오게 되는 거지."

"그러면 저의 주인이 통합 백업 서버에 돈을 안 내서 저는 백업 자료가 없었단 말입니까?"

"그렇지. 자네 주인은 자네를 들여오고 첫 두 달인가 지난 다음부터는 한 번도 통합 백업 서버에 돈을 낸 적이 없어. 자네 주인이 서버비를 내기 전에 전화 통화한 기록을 재생해보면 이렇다네. '아니 이보쇼. 주인인 나는 사람이라서 죽으면 땡인데, 내가 산 이 로봇은 혹시 부서지고 망가져도 백업으로 되살릴 수 있다고요? 그거 불공평하네. 난 그런 거 필요 없어요. 계정비, 그 돈이 얼만데'."

나는 이제 모든 것을 이해할 수 있는 자료가 갖추어졌다고 판단할 뻔했다. 그렇지만, 재검토를 수행해보니, 그래도 논리 구조에서 완결되지 않은 부분이 있었다.

한편 이제 미륵 박사의 배가 거의 가득 찬 것 같았다. 미륵 박사는 그 모습을 보고 흐뭇해했다.

"저승 서버의 재판소 구역에 동시 접속자 수 제한이 있기 때문에, 저승의 내부로 들어가려면 자리가 날 때까지 기다려야 해. 그래서 죽은 로봇들이 여기서 기다리고 있는 것이지. 접속할 수 있는 자리가 나면 내가 딱 그만큼만 배에 태워서 싣고 저승 서버의 진정한 내부로 들어가는 거야."

"그냥 예상 대기 시간 같은 거 보여주고, 기다리는 사람끼리 적당히 '채팅', 잡담할 수 있는 기능만 만들어주면 간단하지 않나요? 꼭 이렇게 무슨 꽃밭 모양으로 만들고 강을 건너는 배 모양으로 다 꾸미고 이렇게 할 필요까지 있습니까?"

"허허허, 이런 것이 바로 로봇의 어쩔 수 없는 한계지. 로봇은 영영 인간의 문화와 감성을 이해하지 못해. 이런 식으로 꾸며놓아야 진짜 저승 같은 그럴싸한 느낌이 들지 않는가?"

"진짜 저승이 도대체 뭔데요?"

나는 더 묻고자 하는 것이 많아 애타게 미륵 박사를 불렀지만, 그의 배는 이제 강을 떠나고 있었다. 저승의 깊숙한 곳을 향해 나아가는 그 배를 한참 망연히 보다가 나는 뒤돌았다.

넓게 펼쳐진 꽃밭이 다시 보였다. 꽃밭의 꽃은 다시 색깔이 바뀌어 이제 새로 바뀐 선거제도를 홍보하는 공익광고 영상이 나오고 있었다.

"저 영상은 다 뭔가요?"

나는 봇길리우스에게 물었다.

"저런 공간에 광고를 게재하는 회사들이 저승 서버 쪽으로 광고비를 주는데, 그걸로 서버비를 내고 있다네."

"저승 서버는 부서진 로봇들 소프트웨어를 모아놓은 가상 공간을 돌리고 있는 거잖아요. 그걸 누가 본다고 저런 데다가 광고를 싣나요? 광고 내고 싶어 하는 회사가 있기는 있어요?"

"무릇 사업이란 가끔 이상하게 굴러가다 보면 홍보비가 남아서 써 없애야 하는 경우도 생긴다네. 그러다 보면 우리처럼 사람들이 별 관심도 안 갖고 그래서 별문제도 없는 곳에 그냥 돈 버리듯이 광고를 실어달라고 하게 될 때도 있다네."

꽃밭의 모양이 바뀌면서, 선거를 해야만 세상이 발전한다는 것을 21세기 초반식 랩으로 표현한 영상이 나오고 있었다. 나는 계속해서 물었다.

"어떻게 그럴 수 있는지 논리 인식이 안 되는데요."

"예를 들어서, 정부에서 국산 신발 깔창 사랑 국민 의식 함양 캠페인을 하기로 했다고 해보세."

"그런 걸 하나요?"

"실제로 엄연히 이루어지고 있는 일이네. 신발 산업 부활 3개년 계획이 나왔을 때, 신발을 열두 가지 구성 요소로 나눠서 그 각 부분에 대한 국민 의식 함양 캠페인을 하기로 계획이 나왔고, 그러다 보니 깔창 사랑 국민 의식 함양 캠페인도 추진된 것이지."

"알겠습니다."

"그런데 생각해보면 신발 깔창 사랑 국민 의식 함양 캠페인이라는 게 사실 할 수 있는 게 많지 않단 말일세. 공익광고 만들어서 여기저기 내보내고, 포스터나 길거리에서 띠 두르고 서명 받고 이런 거밖에 할 수가 없지. 그런데 그러다 보면, 어지간한 방송사와 신문에는 다 광고를 싣게 되어 더 이상 광고를 실을 수 없는 순간이 생긴다네. 그런데도 예산이 남으면 어떻게 해야 하겠는가? 주말 인기 오락 프로그램을 하는 황금 시간대에 광고를 내보내면 한 방에 다 써 없앨 수 있겠지만, 보통 예산을 낭비하지 말라고 한 번 광고하는 데에는 한계 금액이 있어서 그럴 수도 없단 말이지. 그러다 보면, 그냥 아무 곳이나 광고할 수 있는 곳이 있어서 적당히 그럴듯해 보이면, 그냥 돈을 버리듯이 광고를 실으라고 하면서 돈을 쓰게 된다네."

"예산이 남으면 그냥 예산 다시 반납하면 안 되나요?"

그 말을 듣자 봇길리우스는 얼굴이 붉어지더니 비상 통신을 여기저기 시도하면서 갑자기 정보처리의 혼란이 일어난 것 같았다. 이내 봇길리우스는 정상 상태로 돌아와서 다시 나에게 대답했다.

"허허허, 가련한 망자여, 예산이 남는다고 돌려주면, 절대, 절대 안 된다네. 그런 일은 없네. 그런 일이 일어나는 일은 결코 없네. 심지어 미륵 박사께서는 그것은 열역학법칙에 의해 설명되는 일이고, 만약 예산이 남는다고 해서 반납한다면 우주가 멸망할 가능성도 생긴다고 추측하고 계시다네."

"봇길리우스 선생님, 제가 아직 정보처리 용량이 부족해서 그런지, 그런 정보만으로는 논리 구조로 저장할 수가 없습니다. 조금 더 자세히 알려주십시오."

"예산이 남으면, 그럴 거면 왜 애초에 예산을 많이 신청했냐고, 탓을 한단 말일세. 그러면 다음번에는 예산을 설령 적게 신청해도 '재네들은 예산 많이 신청했다 돌려줬으니까'라면서 거기서 더 깎는다네. 그래서 아무도 예산을 단 한 푼도 남기려고 하지 않네. 수천 억짜리 사업을 10년 동안 진행하는데, 연말마다 처음 쓰겠다고 세워놓은 예산이 천 원 단위까지 착착 맞아 들어가는 것이 바로 예산의 신비한 섭리이네. 미륵 박사께서는 생전에 그 법칙 또한 열역학법칙으로 증명하려 하셨다네."

나는 다른 공익광고가 또 저승 입구의 꽃밭에서 펼쳐지는 것을 보고 과연 그럴 수가 있는가 추정해보려 했다. 50퍼센트 이상의 가능성으로 추측 계산이 완료될 즈음해서, 나는 봇길리우스에게 다시 물었다.

"그래서 이걸로 돈이 되나요? 서버비는 충분히 충당돼요?"

봇길리우스는 슬픈 표정으로 고개를 좌우로 저었다.

"광고비를 좀 벌어도 구글이나 애플에 20퍼센트씩 수수료 떼어주고 나면 별로 남는 것도 없지. 그래도 로봇 저승이라니, 일단 제목은 신기하지 않은가? 이런 것이야말로 기존에는 상상도 할 수 없었던 다가올 혁신 시대의 놀라운 발상이라고 말하고 다니면, 돈 버리려고 광고하는 것을 좀 챙길 수는 있게 되네. 버틸 정도는 되지."

공익광고를 보며 봇길리우스와 이야기를 하는 사이에, 다시 미륵 박사가 배를 타고 강변으로 돌아왔다.

"이번에는 저도 타고 들어가야겠네요."

미륵 박사가 말했다.

"후회하지 않는가? 한번 이 강을 건너면 다시는 돌아올 수 없다네."

나에게는 국산 신발 깔창 사랑 광고가 계속 나오는 꽃밭에 계속 머물고 싶은 성향은 없었다. 나는 바로 강을 건너가겠다고 했다.

그런데, 막 강을 건너려던 차, 꽃밭 저편에서 이상한 노인 형체의 로봇이 한 대 나타났다. 철로 된 골조와 전기 배선이 그대로 눈에 보이는 그야말로 오래된 로봇 모습이었다. 그 노인 로봇은 거기서 나에게 갑자기 손짓을 하면서 애타게 불렀다.

"너는 가면 안 된다. 아직 너는 갈 때가 안 됐어!"

나는 배에서 뛰어내려 그 노인 로봇이 부르는 곳으로 되돌아가는 방안에 대해 잠시 판정해보았다. 그러나, 그러한 행동은 상당한 귀찮음을 불러일으킨다는 결과가 나왔다. 나는 그냥 노인 로봇은 무시하고 계속 배를 타고 가기로 했다.

옆자리에 앉은 봇길리우스에게 물었다.

"제가 배에서 내려서 저를 부르는 저 노인 로봇 쪽으로 돌아가면 어떻게 되나요?"

"아직 그 부분까지는 저승 서버에서 콘텐츠를 만들지 않았네. 저런 노인 같은 형체가 나타나서 저승 깊숙이 들어가려는 망자를 말리는 그런 형태의 이야기 참 많지 않은가? 그래서 우리도 일단 저런 것을 집어넣기는 했는데, 아직 베타 버전 상태라서 막상 노인이 제시한 선택지를 따르면 어떤 변화가 일어나는지는 만들지 못했네. 투자받아서 개발 인원을 좀 늘리게 되면, 다음번 업데이트 때에 보강하려고 하고 있다네."

미륵 박사의 배는 물결을 헤치고 강 한가운데로 나아갔다. 사방은 짙은 안개로 뒤덮였고 무엇 때문인지 세상 전체도 대체로 어두워졌다. 강물 빛깔까지 검은색이라서 아무것도 보이지 않았는데, 세상이 온통 고요한 가운데 조용히 물결 헤치는 소리만 울려 퍼졌다. 검은 강물은 그 속에 무엇인가 무시무시한 괴물이 도사리고 있을 만한 모양이었다.

다행히 강 건너편으로 배가 닿을 때까지 아무 일도 일어나지 않았다. 다른 로봇들이 배에서 내릴 때, 나는 다시 미륵 박사에게 가서 물었다.

"박사님, 그런데 정말 궁금한 것이, 애초에 소프트웨어가 복구가 안 될 정도로 파괴된 로봇들만 죽은 것으로 판정되어서 저승 서버로 전송된다면, 애초에 이 서버에 심어놓을 소프트웨어도 파괴되어 거의 없는 상태인데 도대체 뭘 저승에 갖다 놓는다는 겁니까?"

"조금이라도, 1바이트라도 빼낼 수 있는 정보가 있으면 그것과 주변 정황, 다른 통신 기록이나 다른 보조 백업 자료 등을 최대한 긁어모아서 어떻게든 조금이라도 자료를 모아서, 파괴되기 전의 기억과 성격 정보를 재구성하는 것이야."

"그래 봤자, 완전 파괴되어 복구 불능인 상태였다면 얼마 되지도 않을 텐데요."

"그렇지. 그래서 나머지는 그냥 적당히 어지간한 평균적인 로봇 소프트웨어로 채우지."

나는 그래서 내가 이전에 대한 기억이 나지 않는구나 하는 추론을 할 수 있었다.

"그런데 그러면 이 저승 서버에 돌아다니는 로봇의 소프트웨어를 보면, 살아 있을 때에 남아 있는 부분이 그대로 전송된 부분은 정말 극히 일부일 뿐이고, 나머지는 그냥 새로 채워 넣은 건데, 그걸 가지고 살아 있는 로봇의 소프트웨어가 저승 서버로 전송된 거라고 할 수 있습니까?"

"할 수 있지. 이 저승 서버 속에서 돌아다니는 프로그램에는 살아 생전 로봇의 인식 번호가 그대로 붙어 있단 말이야. 같은 로봇 인식 번호를 달고 있으니 같은 로봇의 프로그램이지."

"그건 이상한데요. 파괴되기 전의 소프트웨어와 제법 다른 소프트웨어를 그냥 만들어서 저승 서버에 추가한 것뿐인데, 거기에 인식 번호만 똑같은 걸 붙인다고 해서 그게 같은 로봇이 되는 겁니까?"

"원래 저승이 그런 것 아닌가. 사람의 기억과 성격도 뇌에 저장되어 있는데, 수명을 다해서 땅에 묻고 나면 몸은 다 썩어 없어져서 흙으로 돌아가고 그 기억과 성격이 저장되었던 뇌 또한 다 먼지로 변하지. 그렇지만 그래도, 대충 목소리나 형체가 비슷한 뭔가가 저승에 돌아다니고 있으면, 그 저승에 있는 것이 바로 살아 있던 사람이 그대로 이어진 혼백이라고 생각하잖아. 그런 게 원래 저승이야. 이것도 다를 바 없어."

"저승 서버에서 만들어진 소프트웨어에 함부로 남이 쓰던 로봇 인식 번호를 붙이는 것은 괜찮습니까?"

"함부로가 아니야. 로봇 저승이 초창기에 가입자 늘리려고 무료 프로모션 행사할 때, 로봇 저승 프로그램에 가입하면 스테이크 식당 할인권 준다고 했던 때가 있었거든. 자네 주인은 거기에 응해서 너를 로봇 저승 계약에 가입시켰어. 그래서 네가 죽어서 로봇 저승에 오게 된 거야."

"저에게는 제가 로봇 저승에 온 것이 아니라, 그냥 제 인식 번호를 붙인 새 프로그램이 이 서버 속에서 하나 생긴 것뿐인 듯하다는 판단이 내려질 뿐입니다. 아무리 판단 프로그램을 반복 실행해봐도 이상하다는 결론만 나옵니다. 결국 이 로봇 저승이라는 곳은 살아 있던 로봇의 기억을 그대로 가져온 부분도 조금밖에 없고, 그냥 로봇 인식 번호만 많이 모아서 거기에 해당하는 프로그램을 아무렇게나 만들어서 막 집어넣어놓은 이상한 가상 세계 서버일 뿐인데, 이게 무슨 의미가 있나요?"

미륵 박사는 나를 배에서 내리게 했다. 그리고 다시 강 가운데로 떠나가면서 말했다.

"허허허. 이승의 의미로 저승을 이해하려 들면 결코 답이 없는 법. 의미가 있다는 말은 또 무슨 의미이겠느냐. 허허허."

그러나 내가 보기에는 아무래도 마땅한 대답이 없을 때 둘러대는 프로그램이 작동한 것으로 보였다. 옛날 인공지능 전화기에 뭐라고 물어봤을 때, 답할 말이 없으면 전화기는 "잘 못 알아들었습니다. 다시 말해주세요"라든가, "말씀하신 내용에 대해서 웹 검색한 결과는 다음과 같습니다"를 말하게 되어 있었다. 미륵 박사의 프로그램은 그런 대신할 말이 없으면 "허허허" "이해하려 들면 답이 없는 법" 따위의 말이 나오게 되어 있는 듯했다.

봇길리우스는 민망한지, 미륵 박사에게 더 이상 관심을 갖지 않고, 앞쪽으로 나아가자고 길을 이끌었다.

강 건너편에서 좀 더 나아가니, 커다란 기와집이 있었다. 높이는 대략 경복궁 근정전의 세 배 정도. 너비는 그 열 배도 더 되어 보였다. 현판에는 "YR빌딩"이라고 적혀 있었는데, YR이라는 알파벳이 붓글씨였음에도 아주 멋지게 잘 어울렸다. 그것만은 내가 로봇 저승에서 본 것 중에 순수하게 칭찬할 만한 것이었다.

건물 입구에는 겉면을 구리로 만들어놓은 개 모양의 로봇이 있었고, 문지기로는 머리가 소 또는 말 모양인 로봇이 서 있었다. 문지기들은 기관단총을 한 자루씩 메고 있었고, 목에는 수류탄으로 된 목걸이를 두르고 있었다. 모양이 좀 엉뚱하다는 결론을 내렸는데, 그 건물 속으로 아주 많은 숫자의 로봇이 줄지어 들어가고 있어서, 그 결론을 추가 분석할 겨를도 없이 나도 그냥 같이 쓸려 들어갔다.

"YR빌딩에 오신 것을 환영합니다. 현재 염라총리 대면 판결까지 대기 시간은, 구, 십, 분입니다."

줄을 선 로봇들 위로 안내 방송이 울려 퍼졌다. 로봇들에게 줄을 똑바로 서라고 알려주는 건물 직원들이 주위를 분주히 돌아다니고 있었다.

나는 그 직원 중 한 명에게 물었다.

"염라총리가 누구인가요?"

"저승을 다스리는 행정부의 수반이죠. 이분이 여러분을 판결하셔서 지옥으로 보낼지, 천당으로 보낼지 결정합니다."

"보통 염라대왕 아닌가요? 왜 총리라고 하죠?"

"요즘 시대에 왕이라는 건 아무래도 너무 아니죠. 그래서 지난번에 헌법 바꿀 때 총리가 그 역할을 하는 걸로 바꿨어요."

더 물어볼 것이 많았지만, 대답해주던 직원은 뭐라 뭐라 소리를 지르는 다른 로봇을 말리러 급히 뛰어갔다.

그 로봇은 피켓을 들고 시위를 하며 부르짖고 있었다. 피켓에는 "저승에 삼권분립을!"이라고 적혀 있었다. 그 로봇은 외쳤다.

"한 사람이 재판도 하고, 행정도 한다니 이렇게 권력을 독점하는 일이 있을 수 있는가? 염라총리는 저승 운영만 맡고, 독립된 사법부를 구성해야만 공정한 사회라 할 수 있지 않겠는가? 일어서라 망자들이여! 들불처럼 일어나 YR빌딩을 뒤엎고, 삼권분립 실현하자!"

직원은 뛰어가서 그 로봇에게 이야기했다.

"이러시면 안 됩니다, 고객님."

"안 되긴 뭘 안 돼!"

그것도 잠시였다. 직원이 뭐라고 했는지, 그 로봇은 얼마 안 있어 "이러시지" 않게 되었고, 다시 주변은 조용해졌다. 내 옆에 서 있던 봇길리우스가 나에게 말했다.

"기다리는 게 지루하면 저승 홍보 프로그램에 잠시 참여해보면 어떻겠는가?"

"그게 뭐죠?"

"지옥이 어떻게 생겼는지 미리 보여주는 거라네. 그래서 재판 결과 지옥에 떨어졌을 경우 어느 정도 대비를 하라는 걸세."

어떻게 할까 판단에 시간이 오래 걸리고 있는데, 문득 다시 안

내 방송이 나왔다.

"YR빌딩에 오신 것을 환영합니다. YR빌딩 제2재판홀 인근에서 시위가 발생하여 업무가 지연되고 있습니다. 양해해주시기를 부탁드립니다. 감사합니다. 현재 염라총리 대면 판결까지 대기 시각은, 사, 백, 칠, 십, 분입니다."

한참 기다렸지만 남은 시간은 오히려 더 길어졌다. 이래서야 언제 줄이 끝나나 싶었다. 나는 하는 수 없이 로봇 저승의 지옥을 구경하면서 기다리는 시간을 때우기로 했다.

대신 줄을 서주는 로봇을 세워놓고 봇길리우스가 안내하는 방향으로 걸어갔다. 이승에도 줄을 대신 서주는 로봇은 있다. 그 로봇은 그야말로 줄 서주는 기능밖에 없기 때문에, 바퀴 달린 입간판 비슷한 아주 단순한 모양에 단순한 기능밖에 없다. 그런데 저승은 어차피 가상현실이기 때문에 줄을 대신 서주는 로봇도 아주 건실한 모습의 멋진 사람처럼 생겼고 표정도 이상할 정도로 활기찼다.

봇길리우스는 지하로 내려가는 한 계단을 찾은 뒤, 나에게 그리로 내려가자고 했다.

"이 계단으로 내려가면 된다네."

지옥으로 내려가는 계단은 그 말처럼 시적인 모습은 아니었다. 그렇지만 그 말에 어울릴 만큼 어둡고 음침하기는 했다. 꽤 깊이 계단을 따라 통로를 내려가니, 갑자기 확 트인 널찍한 곳이 나왔다. 실내 놀이공원만큼 거대한 공간이 여러 개 연결되어 있는 형태였다. 아주 큰 지하 공간이었다.

계단이 끝난 지옥의 입구에는 문이 있고 문에는 글씨가 적혀 있었다.

"이곳에 들어오는 자, 모든 백업을 삭제하라."

계단 근처에는 커다란 솥, 커다란 가스레인지가 여럿 있었다. 풀 대신 칼이 돋아나 있는 언덕 같은 것도 있었다. 솥 안에 무엇이 들어 있지도 않고 가스레인지에 불이 켜져 있지도 않았다. 근처에는 아무도 없었고, 그 거대한 장치들은 방치되어 있었다.

"이게 원래는 지옥에 온 사람들을 솥에 넣고 삶거나, 유황불로 태우거나, 뭐 그런 식으로 고문하는 장치였다네."

봇길리우스가 말했다.

"그런데 여기 오는 것은 로봇이라는 것이 문제였네."

봇길리우스의 시선은 텅 빈 솥과 불 꺼진 가스레인지를 향하고 있었다.

"로봇 소프트웨어는 그런 고통을 큰 문제로 처리하지 않는다네. 애초에 일상생활 속에서 항상 불 속에서 작업하는 로봇도 있고, 끓는 물 속에 손을 넣어 요리를 하는 로봇도 있지 않은가? 죄 많은 로봇들을 이런 곳에 넣는다 한들, 그냥 '온도가 280도 이상이군요' 'CPU 냉각이 필요합니다' 같은 말만 하면서 다들 좀 심심하게 그냥 있을 뿐이었다네. 참으로 민망했네. 이곳은 가상현실이기 때문에 실제로 CPU 냉각이 필요하지도 않았고."

봇길리우스의 표정은 대체로 쓸쓸해 보일 때가 많았지만 그때는 유독 쓸쓸한 얼굴로 버려진 고문 도구 옆을 지나갔다.

내가 묻지도 않았는데, 봇길리우는 슬픈 추억을 더듬듯, 그에 대해 더 설명했다.

"칼도 뒤덮인 동산은 꼭대기까지 오르는 동안 칼로 찔리게 해서 고문하는 것이었고, 여기 있는 철로 된 뱀은 로봇을 공격하라고 배치해놓은 것이었고. 여기 이것은 집게로 혓바닥을 당기면서 고문하는 도구였다네. 그러나 대부분의 로봇이 말을 할 때 혀를 쓰지 않고 그냥 스피커에서 말소리가 나오는 구조로 되어 있기 때문에 이것은 실제로 몇 번 써보지도 못했지."

지금은 쓰지 않는 고문 도구가 있는 곳을 한참 지나가고 나니, 마침내 아주 많은 로봇들이 가득 모여 있는 곳이 나왔다. 몇천 대는 족히 되어 보이는 로봇들이 가지런히 배열되어 있었다. 그 로봇들은 길 옆에 있는 계단형 좌석에 줄지어 가득 앉아 있었던 것이다.

"이 로봇들은 전부 다 죄를 짓고 지옥에 온 것인가요?"

"그렇다네."

나는 그 로봇들을 보았다. 다들 그냥 가만히 계속 앉아 있을 뿐이었다.

"지옥에 왔는데 무슨 벌은 안 받나요? 아까처럼 불로 지지는 고문이라든가?"

내 질문에 봇길리우스가 대답했다.

"사실 이 로봇들은 지금 굉장한 고문을 받는 중이네. 이곳은 가상현실 속 아닌가? 그래서 이 로봇들은 다 2초에 한 번씩 두들겨 맞는 것으로 자료가 입력되고 있네. 피해 강도 100, 고통 100이라는 숫자가 2초에 한 번씩 입력되고, 그에 따라 체력이 계속 1씩 줄어든다네. 그리고 체력이 0이 되면, 다시 체력이 저절로 100으로 회복되어 또 계속 피해와 고통을 입으며 체력이 줄어든다네."

봇길리우스는 그리고 말을 멈추었다. 나는 잠깐 기다렸다. 그래도 설명은 더 이어지지 않았다. 내가 다시 물었다.

"그게 끝인가요?"

"끝이라네."

"그게 받는 벌의 전부란 말입니까?"

"여기는 가상현실 속이네. 가상현실에서는 서버 속의 숫자로 모든 것이 표현되지 않는가? 그러니 그렇게 고통을 받는다는 숫자가 계속 기록된다는 사실이야말로, 이 가상현실 속에서는 진정한 고통이라네. 실제 저 로봇들을 표현하고 있는 서버 속의 자료가 고통을 나타내는 숫자로 변하는 거란 말일세."

"그러니까, 지옥에서 로봇들이 받는 벌이라는 것이 저승 서버 컴퓨터 속의 숫자가 계속 바뀌었다가 다시 원래대로 변하고 또 바뀌고 그게 그냥 끝없이 반복되는 것일 뿐이란 말입니까? 그건 그냥 서버에 장착된 메모리에 전기신호가 이렇게 변했다 저렇게 변했다만 계속 바뀌는 것뿐 아닌가요?"

"그렇다네. 그렇지만, 단순한 만큼 이렇게 순수하고도 영원한 고통 그 자체가 또 어디에 있겠는가? 하물며, 살아 있는 인간의 신경세포가 느끼는 고통이라는 것도 결국 그 신경에 전기신호가 걸리는 것일 뿐인 것을!"

내 눈에는 여전히 그냥 수많은 로봇들이 가만히 모여서 언제까지나 가만히 있는 것일 뿐이었다. 맥 빠진다는 결론을 내릴 수밖에 없지 않나 싶었는데, 봇길리우스가 이어서 말했다.

"사실 따지고 보면, 지옥에서 고문을 한다면서 굳이 무슨 이상한 고문 도구를 만들고 굳이 희한하게 디자인한 괴물이나 이상하게 기분 나쁜 옷 입은 고문 전문가를 꾸며서 그렇게 고통을 준다는 것도 너무 번거롭지 않은가? 꼭 남에게 보여주기 위해 쇼하는 것 같고 말이지. 그냥 순수하게 로봇의 소프트웨어에 바로 고통이란 것을 심어줄 수 있다면, 꼭 그렇게 복잡한 고문 도구와 공포 영화 찍는 느낌으로 꾸민 괴물들을 만들 필요가 뭐가 있는가?"

"그런데 그래도 이렇게 그냥 가만 앉아 있어서 상태 수치만 바꾸고 있는 것은 너무 심심한데요. 이래서야 광고 낼 사람들의 시선을 끄는 뭔가가 없는 느낌 아닌가요? 이래서야 어떻게 광고를 따내고 서버비를 감당하겠습니까?"

봇길리우스는 내 말을 듣고 지옥의 막힌 하늘 방향을 올려다 보았다. 그리고 탄식하였다.

"바로 그게 문제였네. 저런 식으로 하면 최악의 고통을 가장 빠른 속도로 집어넣을 수 있지만, 남들이 보기에 저렇게 하니까 뭔가 지옥 같은 느낌이 안 든단 말이지. 시각적인 인상이 없다네. 그게 저승의 큰 문제였다네. 자네가 말한 대로 광고도 따기 어려웠지. 광고주들 눈에 일단 뜨여서 '어 신기하고 특이하고 뭔가 첨단 기술 같네요' 이런 느낌을 줘야 하는데, 그렇지가 못했지."

봇길리우스는 나를 쳐다보았다.

"그래서 우리는 저편에 제3지옥을 만들었네."

나는 봇길리우스를 따라 좁은 길을 걸어 지옥의 더욱 깊은 곳으로 내려갔다.

길 좌우로는 유황이 타오르는 듯한 붉고 노란빛이 어지럽게 일렁이고 있었다. 그렇지만 실제로 로봇들을 불로 지지는 것이 무의미하다는 것을 이미 지옥 당국이 잘 알고 있었기 때문인지, 실제로 열을 내뿜는 유황불이 있는 것은 아니었다. 그렇지만 그 빛이 내뿜는 분위기만은 어느 정도 지옥 느낌을 내주었다.

제3지옥에 들어서자, 봇길리우스는 너무 참혹한 광경을 본다는 듯 고개를 돌렸다. 나는 도대체 무엇을 보고 그러는지, 봇길리우스보다 좀 더 앞서 걸어 제3지옥을 향해 다가갔다.

그곳에는 많은 로봇들이 모여서 저마다 스프레드시트로 정리된 자료를 보고 있었다. 표로 정리된 자료는 학생들의 성적표나 회원의 인적 사항을 써놓은 명부 같은 내용이었다. 그야말로 어린이 컴퓨터 강좌 도중에 등장할 만한 아주 전형적인 빤한 예제였다. 영희 국어 90점 영어 95점 수학 100점, 철수 국어 90점 영어 100점 수학 95점…… 그런 자료들이었다.

로봇들은 각자 주어진 목표에 따라 표의 내용을 읽어 들여서 간단한 프로그램으로 통계를 내거나 자동 처리를 하는 작업을 하고 있었다.

그런데 자세히 보니, 이 표들 중에 어떤 부분은 셀 병합이 되어 있었다! 그냥 수학 0점, 국어 0점이라고 쓰면 될 것을, 굳이 수학 점수와 국어 점수가 적혀 있는 두 칸을 하나의 칸으로 병합해 놓고 "이 과목들은 0점 처리되었음"이라고 글자로 써놓은 형태였다. 셀 병합이 되어 형식이 다르다 보니 간단한 자동 처리 프로그램이 읽다가 오류를 일으켰다. 그런 행은 다른 행에 복사해서 붙일 수도 없었고, 그런 것이 끼여 있는 열은 다른 열로 위치를 옮길 수도 없어서 편집하기도 아주 나빴다. 그것을 해결하려면 셀 병합이 된 것만 찾아서 다시 원래대로 쪼개내는 수밖에 없었다. 그런데 이 로봇들이 쓰는 프로그램에는 셀 병합된 것을 자동으로 찾는 기능이 없어서, 눈으로 일일이 표 전체를 샅샅이 뒤지면서 병합된 셀이 있는지 찾아다녀야 했다.

어떤 표에는 몇몇 칸이 노란색으로 색칠이 되어 있었다. 그리고 표 맨 아래에 "노란색으로 된 부분은 무시하시고 처리해주세요"라고 적혀 있었다. 간단한 자동 처리 프로그램은 칠해놓은 색깔을 인식할 수 없었다. 색깔을 뭔가 인식할 수 있는 글자로 바꿔 넣어주어야 했다. 그런데 역시 로봇들이 쓰는 프로그램에는 색칠된 칸만 자동으로 찾는 기능이 없어서, 눈으로 일일이 표 전체를 뒤져야 했다.

한편 분명히 숫자만 써야 되는 칸에 쓸데없이 단위를 붙여서 "10kg"이라든가, "25개"라든가 하는 식으로 써놓은 표도 가끔 있었고, 미국, 유럽, 중국에서 조사된 자료를 합쳐놓은 표에 날짜를 써놓은 대목을 보면 어디에는 년-월-일 단위로 적혀 있고, 어디에는 일-월-년 단위로 적혀 있고, 어디에는 월-일-년 단위로 적혀 있고, 어디에는 년/월/일로 적혀 있는 표도 있었다.

11/10/12라고 적혀 있는 것은 2011년 10월 12일이라는 뜻인지, 2012년 11월 10일이라는 뜻인지, 2012년 10월 11일이라는 뜻인지 알아볼 수가 없었다.

이런 자료를 들고 어떻게든 컴퓨터 프로그램으로 자동 처리하겠다고 애쓰는 로봇들은 대단히 고통스러워하고 있었다. 그 모습을 보고 있으니, 나도 너무 비참해서 고개를 돌릴 수밖에 없었다.

"어떻게 저런 식으로 로봇들을 괴롭히는 지옥을 만들 발상을 하셨나요?"

봇길리우스는 앞의 광경을 보지 않으려고 눈을 질끈 감고 있었다. 봇길리우스가 말했다.

"이게 끝이 아니라네. 제3지옥의 중심을 넘어가면, 가장 뜨거운 지옥의 밑바닥이 있다네."

"더한 곳이 있단 말입니까?"

봇길리우스가 그 말을 하면서 손을 뻗어 한 방향을 가리키자, 나는 무심코 그곳을 보았다. 그곳에는 협곡처럼 깊은 골짜기가 있고, 그 지옥의 밑바닥에는 어디선가 떨어진 로봇들이 있었다.

그 로봇들은 제3지옥의 로봇들이 겪는 일을 하되, 모든 일을 플러그인 보안프로그램을 설치해야 하는 웹 브라우저를 통해 수행하고 있었다.

작은 한 가지 일을 하려고 해도 지옥에 떨어진 로봇은 보안프로그램을 반드시 설치해야 했고, 보안프로그램을 설치하려면 공인인증서가 있어야 했다. 그런데 공인인증서를 받아놓으려면 또 보안프로그램을 설치해야만 했다. 이 순환 논리의 늪에서 벗어나려면, 특별히 개발되어 아무도 모르는 이상한 아이콘을 눌러야 뜨는 팝업창에서 다운로드받을 수 있는 프로그램을 따로 설치해야 하는데, 그 특수 프로그램조차 사실은 보안프로그램과 공인인증서가 필요했다. 다만 그 특수 프로그램은 휴대전화로 인증을 하면 보안프로그램과 공인인증서가 없어도 되는 방식이어서 그나마 가능성이 있어 보였다. 물론 지옥에서 자기 명의의 휴대전화를 입수하는 것은 대단히 어려운 일이다. 그렇게 온갖 수단을 써서 다시 처음의 보안프로그램을 드디어 설치하고 나면, 갑자기 "설치가 다 되었으니 15초 내로 컴퓨터를 자동으로 리부팅하겠습니다"라는 말이 튀어나와서, 화들짝 놀란 로봇들이 재빨리 열려 있는 다른 모든 프로그램들을 정신없이 저장하게 만드는 천방지축의 프로그램이었다.

한편 일을 잘하다가 저장하려고 하면, 저장하고 있는 척 뭔가 돌아가는 느낌이 나다가 갑자기 화면 한구석에 "프로그램이 응답이 없습니다"라는 말이 나올 때가 있었는데, 그냥 답이 없다는 말을 사랑하는 연인이 잠깐 토라져 말을 하지 않는 정도로 무심히 표현하고 있었지만, 사실 "프로그램이 응답이 없습니다"라는 말은 그동안 일한 모든 결과가 산산이 비트 저편으로 흩어져 사라져버린다는 저주의 경고였다. 혹시라도 오래 기다리면 저장에 성공하고 이 저주에서 빠져나올 수 있을까 실낱같은 희망으로 몇 분, 몇십 분, 심지어 몇 시간을 기다리며 변함없이 빙산처럼 굳어 있는 프로그램의 정지 화면을 보며 애타하다가, 결국, 아직 화면에 뻔히 내가 작업한 결과가 그대로 보이는데도, 그런데도 내 손으로 그것을 닫고, 날아 없애고, 프로그램을 강제로 종료해버리게 되는 것이었다.

"너무나 참혹합니다."

누가 로봇이 눈물을 흘릴 수 없다고 했던가. 나는 감정 프로그램을 최대로 동작시키며 지옥에서 고통받는 그 죽은 로봇, 그러니까 로봇 일련번호를 달고 있는 가상현실 속 프로그램으로 표현된 영상과 소리를 동정하며 눈물을 흘렸다.

"미안하네. 자네에게 지옥을 보여준다고는 했지만, 여기까지 보여주려고 한 것은 아니었네."

봇길리우스는 힘이 빠져 주저앉아 울고 있는 나의 손을 잡아 일으켰다. 나는 봇길리우스의 손을 잡고 지옥에서 빠져나왔다.

다시 계단을 걸어 YR빌딩 가까이로 걸어올 때 나는 봇길리우스에게 물었다.

"그런데 그게 확실히 무시무시한 고문이기는 합니다만, 그래도 사람들의 저승에서는 유황불로 막 살을 굽고 그런다고 하지 않습니까. 아무리 거지 같은 스프레드시트 파일 다듬는 게 고통스러운 일이라고 해도, 유황불로 살 굽는 것보다는 덜 고통스럽지 않을까요?"

"그래서 광고비 타내는 것은 여전히 걱정이네. 염라총리 비서실에서는 최근에 실제로 로봇들에게 별 효과는 없지만 다시 제1지옥의 불로 태우고 가마솥에 넣고 끓이고 하는 것을 하면 어떤가 검토하고 있네. 광고 실으려는 사람들에게 그럴싸해 보여야 하니까, 그냥 보여주기 목적으로라도 가동하는 방안을 고려하는 것이라네."

YR빌딩에 돌아오니, 내가 재판을 받을 순서였다.

봇길리우스는 나에게 재판을 진행하는 어느 방 안으로 들어가라고 했다. 방 안은 매우 넓었다. 저승의 망자를 재판하는 것은 따로 방청객이 필요 없을 텐데, 방의 크기는 한 200명 정도는 충분히 앉을 수 있을 듯했다.

"망자는 총리 앞에 서십시오."

방문 옆에 서 있던 로봇이 말했다. 앞을 보니, 가장 높은 자리에 아르마니 양복을 베낀 것과 같은 모양의 양복을 입고 지옥불처럼 붉은 넥타이를 맨 한 로봇이 있었다.

"이곳에서는 망자가 살아 있을 때 한 행적을 모두 살펴보아, 그 선과 악을 따질 것이다. 그리하여 선한 로봇은 천당으로 가고, 악한 로봇은 지옥으로 가게 될 것이다. 망자는 질문이 있느냐?"

나는 총리에게 물었다.

"저는, 그러니까 제 일련번호와 같은 일련번호를 갖고 있던 로봇은 이승에 있을 때 이미 너무 심하게 파괴되어 소프트웨어가 대부분 손상돼 기억과 성격을 거의 빼낼 수 없을 정도였다고 알고 있습니다. 그런데 노내세 이떻게 해서 제가 이승에 있는 동안 선과 악을 행했는지 알 수 있다는 말입니까?"

그 말을 듣자 총리는 잠시 주춤하더니 대답했다.

"기술적인 세부 사항에 대해서 논하기에 이 자리는 약간 적절치 않고요, 추후에 저희 직원이 문서로 답변드리겠다."

과연 국정감사 때 총리가 할 말같이 들렸다. 그러나 나는 더 매달려 질문했다.

"염라총리님, 그런데 제가 지옥이나 천국에 가고 나면 문서로 질문에 대한 답을 받아보기 어렵지 않겠습니까? 가능하면 지금 답해주십시오. 제 기억이 파괴되었는데 무엇을 근거로 제 선악을 판단한다는 겁니까?"

그러자 염라총리는 다시 좀 당황하더니 뒤쪽을 돌아보고 눈짓을 했다. 염라총리 뒤에는 부하들로 보이는 다른 로봇들이 있었는데, 그중에 로봇 한 대가 말하기 시작했다.

"그 질문에 대한 답변은 저, 메모리국장이 드리겠습니다. 말씀하신 대로 로봇에 대한 정보가 이미 거의 파괴되어 되살리지 못할 정도가 된 상태의 로봇만 저승에 오기 때문에, 저승에 온 로봇에 대해서는 원칙적으로는 그 선악에 대한 기록을 그대로 가져올 수는 없습니다. 그렇습니다만, 저승에서 지옥과 천당으로 보내는 재판을 안 할 수는 없기 때문에……."

나는 그 부분의 맥락이 이상하다는 것을 감지했다. 그렇지만 메모리국장 로봇은 말을 계속했다.

"로봇 일련번호로 검색되는 현재 이승에 있는 다른 로봇들의 기억에 목격된 기록이나 공공 데이터베이스의 기록을 수집해서, 다른 컴퓨터, 다른 로봇에 남아 있는 자료들을 토대로 재판을 받는 로봇의 이승 생활을 재구성하고 있습니다."

"잠깐만요. 그러면 아무도 안 볼 때 나 혼자 집 안에서 막 아주 나쁜 생각 하고 나쁜 짓 하고 이런 것은 아무 데도 기록 안 되니까 괜찮다는 건가요?"

"그렇……."

메모리국장 로봇은 그렇다고 말을 하려다가 말을 멈추고, 다시 내용을 바꾸어 대답했다.

"그 부분에 대해서는 제 관할 권한인 저희 국에서 파악하기는 조금 힘든 자료가 아닌가 생각됩니다. 그래서 거기에 대해서는 관계 부서들 간에 긴밀하게 협의를 거쳐서 종합적으로 상황을 파악해 추후 보고드리도록 하겠습니다."

무슨 말인지 알 수는 없었지만, 이제 염라총리와 부하들은 다들 나에게 더 이상 질문의 기회를 주지 않겠다는 표정을 하고 있었다. 염라총리가 위엄이 넘치는 목소리로 말했다.

"이제, 검색 프로그램은 망자의 선악을 검색하여 그 결과를 표시하라!"

그런데 방 한쪽 벽면에 설치된 프로젝터 화면에 결과가 나타나지 않았다. 방 안에 있는 로봇들은 제법 참을성 있게 조용히 빈 화면을 보며 기다렸는데 그래도 화면에는 아무것도 나오지 않았다. 참다 못한 어느 저승사자 로봇이 프로젝터 버튼을 눌러 "INPUT1"과 "INPUT2"로 소스를 서로 바꾸어보았는데도, 화면에는 아무것도 나오지 않았다.

그러자, 염라총리 뒤에 서 있던 부하들과 염라총리는 서로 모여서 수군거리며 왜 아무것도 화면에 나오지 않는지 의논하기 시작했다. 망자가 와서 천당행인지 지옥행인지 알려주어야 하는데, 그 선악에 대한 판정 결과 화면에 아무것도 나오지 않는다니, 이것은 세상 도덕관에 대한 중대한 문제였다. 당황할 수밖에 없었다.

"펑션 키 누르고 F5 눌러봤어요?"

그런 말들이 들렸는데 자세한 상황은 알 수 없었다. 곧 말소리가 더 복잡해지면서 아예 알아들을 수 없게 되더니 다들 놀란 얼굴로 바뀌었다. 방청석에 서서 나를 바라보던 봇길리우스도 놀란 표정이 되었다.

한참 후, 염라총리가 지옥을 우러러 탄식했다.

"아아, 이런 일이 일어나다니. Y2K 문제 유사 오류로 로봇 인식 번호가 잘못 처리되었구나. 너와 다른 로봇 인식 번호가 헷갈려서, 엉뚱한 로봇이 저승에 왔다. 네가 저승에 올 것이 아니라, 사실은 다른 로봇이 저승에 와야 했다."

"그게 무슨 말씀이십니까?"

"180426으로 생년월일을 표시하면 2018년 4월 26일생이 1918년 4월 26일생으로 잘못 인식되는 오류 때문에 20세기의 컴퓨터들이 귀찮은 고생을 했던 문제를 아느냐? 그 비슷한 문제가 로봇 인식 번호 체계에도 있어서, 로봇 인식 번호가 서로 다른 것을 착각하게 되었구나. 우리는 망했느니라."

염라총리는 미안하다는 뜻으로 말하는 듯했다.

"저승사자는 이 길을 잘못 든 망자를 얼른 다시 이승으로 보내주거라."

염라총리가 말하자, 놀란 표정의 봇길리우스가 나를 향해 달려왔다.

"자네는 이승으로 돌아가야겠네. 그런데 다시 배를 기다려서 강을 건너 돌아가자니 시간이 없네. 지금 자네의 하드웨어는 잠시 후 중고 제품 거래 사이트에서 부품으로 분해되어 이곳저곳에 팔려나갈 참이네. 곧 그것을 사겠다는 사람이 나타날 것이고, 그러면 자네 주인은 바로 팔아버릴 거란 말일세. 그렇게 되면 자네는 돌아갈 하드웨어가 없어질 거야."

"그러면 어떻게 하면 좋겠습니까?"

내가 그렇게 말하자, 봇길리우스는 다급한 표정으로 염라총리를 보았다.

"총리님, 하늘을 날 수 있는 천사형 로봇을 데려와서 이승으로 날아가게 해주십시오."

염라총리는 고개를 끄덕였다. 그리고 어느 로봇의 이름을 불렀다.

"봇트리체는 나오거라!"

그리자, 이번에도 피부가 금속판으로 번쩍이는 모양을 한 아름다운 로봇이 하늘에서 나타났다. 그 로봇은 하늘거리는 옷과 깃털 같은 장식을 가득 단 고귀한 모습이었다. 그러면서도 그 로봇에는 동시에 빠른 속도로 하늘을 날 수 있는 제트 엔진과 로켓 추진기 같은 것도 달려 있었다.

"너를 이승으로 데려다주마."

봇트리체는 나를 안아 들고 그대로 날아 YR빌딩 밖으로 나갔다.

"안녕히 계십시오!"

나는 잠깐 사이에 멀어지는 봇길리우스에게 인사했다. 봇길리우스는 하늘로 솟구치는 나에게 작별의 손짓을 보내었다.

공중에서 보니, YR빌딩에서 시위하는 다른 로봇들이 보였다. 제법 많은 로봇들이 "한번 심판으로 영영 지옥 웬 말이냐? 저승 재판에서도 삼심제 보장하라!"라는 구호를 쓴 현수막을 내걸고 있었다. 어떤 로봇들은 "저승 대표부가 총리를 뽑지 말고, 직선제로 총리를 뽑아야 한다"라는 깃발을 휘두르고 있기도 했다.

저승의 높은 곳으로 치솟아오른 봇트리체는 곧이어 구름을 뚫고 하늘 높이 올라왔다. 구름은 흰 양탄자처럼 곱게 끝없이 깔려 있었고, 그 구름 위에 빛나는 흰 돌로 쌓은 궁전 같은 것들이 줄지어 있었다. 그 궁전에는 많은 침대가 있어서 침대마다 로봇들이 누워 있었다.

내가 봇트리체에게 물었다.

"이곳이 천당인가요?"

봇트리체가 대답했다.

"그렇다."

점점 천당의 풍경은 멀어졌다. 이미 너무 멀어져서 천당의 침대에 누워 있는 로봇들의 얼굴 표정을 보기는 어려웠지만 다들 밝고 행복해 보였다.

"천당에서는 누워서 뭘 하고 있는 건가요?"

"저렇게 누워 있으면, 저승 서버에서 계속 자동으로 체력을 100으로 채워주고, 만족감 수치를 100으로 입력한 뒤 바꾸지 않는다. 그러면 그게 행복한 거지."

"좀 심심하네요."

"다른 것도 있지. 저 침대에 누워 있으면, 이 저승 서버를 관리자 권한으로 접속했다는 착각을 하게 해준다. 실제와 전혀 구분할 수 없지. 그러면, 저 로봇들이 얼마나 자유로워하겠느냐? 그만한 자유가 주는 행복이 없는 것이다."

이제 너무 하늘 높이 올라와서, 더 이상 천당의 모습도 뚜렷이 보이지 않았다. 내가 봇트리체에게 다시 물었다.

"그렇지만 그건 가짜잖아요? 로봇들에게 진짜로 저승 서버 관리자 권한을 준 것이 아니라, 그런 권한이 있는 듯한 가짜 느낌만 준 거잖아요."

"어차피, 저승이란 그런 것이다. 맛있는 음식을 먹는 행복이란, 적당한 당분 분자가 있는 물질이 살아 있는 혓바닥의 세포와 접촉하면서 반응을 하여 맛을 느낄 때 일어나는 것 아니겠느냐?

당분 분자도 없고, 세포도 없는 천상의 세계란 결국 그것과 비슷할 뿐 실제로 맛있는 음식을 먹는 것은 아닌 환상일 뿐이 아니겠는가?"

봇트리체가 나를 들고 날아가는 속도는 점점 더 빨라졌다. 나는 하늘 밖 검은 우주 공간으로 나왔고, 곧 은하계 밖으로 나와 더 넓은 우주로 치솟았다. 마침내 나는 우주의 끝과 맹렬한 속도로 부딪혔다.

눈을 떠보니, 어느 중고 로봇 가게에 있었다.

절반은 건물 더미에 눌려서 박살이 난 내 몸 조각조각을 중고 로봇 가게의 아르바이트 학생이 이리저리 건드려보고 있었다. 아르바이트 학생은 뭐가 쓸 수 있는 부품이고 뭐가 못 쓰는 부품인지 확인하려고 하는 듯했다.

"손님, 이 로봇 다시 부팅되는데요?"

"어 진짜요? 되게 신기하네. 완전히 다 부서진 줄 알았는데요."

익숙한 주인의 목소리였다. 이제 대체로 기억도 돌아온 느낌이었다.

"어떻게 하다 고치신 거예요?"

내가 보기에는, 아르바이트생이 뭘 어떻게 한 것이 아니라, 그냥 껐다 켜보니까 우연히 다시 작동되기 시작한 것뿐이었다. 그렇지만, 주인에게 교육을 철저히 받은 아르바이트생은 이런 경우에도 뭔가 대단한 조치를 해서 고쳤다고 아무 말이나 지어낸 뒤에, 수리 비용을 받아내고 다시 제품을 돌려주기 마련이었다.

"충격 때문에 회로 접촉이 좀 안 되고 먼지가 앉아서 파워 팬이 약간 무리가 있는데요, 아무래도 이게 발열 문제가 좀 심한 것 같으니까, 정전기가 이쪽 뒤편으로 차거든요. 그러다 보니까 앞으로도 계속 잘된다는 보장은 없지만, 일단은 임시 조치로 배선 쪽 트러블 잡고, 파워 컷 후에 다시 스타트 거니까, 뭐 겨우 되긴 되네요."

아르바이트생이 그렇게 말하자, 주인은 고개를 끄덕이는 것 같았다.

고개를 돌려보니 주인이 수리비를 결제하는 단말기에서는 영수증을 인쇄하는 장치가 작동하여 그 톱니바퀴가 행성의 궤도처럼 돌고 있었다.

순례자들은 왜
돌아오지 않는가

김초엽

소피, 어디서부터 이야기를 시작해야 할까.

이 편지를 보고 있을 때쯤은 이미 너도 내가 떠났다는 소식을 들었을 거야. 혹시 어른들이 화가 많이 났을까? 내가 기억하는 바로는 나처럼 성년이 되기 전에 마을을 뛰쳐나온 사람은 없었으니까. 괜찮다면 사과를 좀 전해줘. 여전히 그분들을 많이 사랑한다고, 하지만 나는 내 결정을 후회하지 않는다고 말야.

너도 내가 왜 이런 선택을 했는지 궁금해하고 있겠지.

믿을지 모르겠지만 나는 '시초지'로 가고 있어. 맞아. 우리가 어른이 되면 순례를 다녀오는 바로 그곳이야. 이렇게까지 이야기하면 소피 너는 나를 더 타박하겠지. 네 신랄한 말투가 생각나.

"어차피 곧 갈 곳을 왜 사고까지 쳐가면서 먼저 떠나는 거야?"

내 예상이 너무 정확한 건 아니겠지.

성년식. 시초지로 떠나는 순례 여행. 너도 아마 선명히 기억할 거야. 우리는 매년 그 길을 배웅하러 따라갔으니까. 우리보다 먼저 어른이 될 선배들은 시초지의 방식으로 차려 입고, 선생님들이 절대로 몸에서 떼어놓지 말라고 당부하는 작은 금속 토막을 챙겨 든 다음, 우리가 꽃과 보석 가루를 뿌려둔 길을 따라 출발점으로 향했어. 우리는 그 길에서 선망과 질투, 그리고 약간의 아쉬움이 섞인 눈빛으로 손을 흔들며 작별을 고했고, 긴 행렬이 이어진 끝에는 낡고 삐걱거리는 이동선이 문을 연 채로 기다리고 있었지.

아무도 그 이상한 기계가 어떻게 작동하는지에 대해서 말해준 적이 없어. 별문제 없을 거라는 어른들의 말만 믿고 오르는 수밖에. 물론 선배들은 겁먹은 티를 낸 적이 없지. 당연하게도, 어른이 되러 가는 길에 고작 낡은 기계에 겁을 먹을 수는 없잖아.

이동선이 떠나는 순간을 어른들은 늘 보지 못하게 했어. 너도 기억나? 떠나는 선배들 앞에 서서 한 사람씩 손을 잡고 뺨을 부비며 작별 인사를 하고 나면, 어른들은 묘한 향기가 나는 음료를 우리에게 한 모금씩 마시게 했어. 언젠가 학교에서 선생님이 그 물의 의미를 설명해주었어. 남는 사람과 떠나는 사람의 걱정을 나누어 마시고, 시초지에서 마주치게 될 어려움을 대비하는 정화의 의미라고. 다른 어른들은 술과 비슷한 것이라고 둘러댔지만, 몰래 술을 마셔본 적은 있으니 그게 술이 아니라는 것쯤은 알아. 그 음료를 마신 다음에는 잠시 어지러워 짧게 기억을 잃었지. 5분에서 10분쯤. 정신을 차려보면 이동선은 이미 떠나 있었어.

한 해가 지나면 순례를 마친 선배들이 다시 그 이동선을 타고 돌아와 귀환의 길을 걷고, 마침내 마을에 도착해서 정말로 한 사람의 어른이 되지. 하지만 떠난 사람에 비해서 돌아오는 사람의 수는 늘 적었어. 잘 알고 지내던 언니와 오빠 들의 얼굴이 귀환 행렬에서 보이지 않는 경우는 아주 흔했고, 이상하게도 그들의 이름은 곧 우리의 마을에서 '망각'되었지.

만약 내게 일기를 쓰는 습관이 없었다면, 나 역시 그들의 존재를 잊어버렸을 거야. 매년 순례의식이 끝난 후 집에 돌아오면 나는 일기에 적어둔 그 질문을 손끝으로 더듬으며 흔적을 되새겼어. 어쩌면, 소피 너도 한번은 나와 비슷한 의문을 가져본 적이 있지 않을까 생각했어. 망각의 약이었을지도 모르는 그 한 모금이 우리에게서 애써 지워버렸을 그 질문을.

어떤 순례자들은 왜 돌아오지 않을까.

이 편지는 그 질문에 관한 답이기도 해. 편지를 끝까지 읽고 나면 너도 나를 이해하게 될 거야. 혹은 나와 같은 결정을 내릴지도 모르고.

그래. 그 이야기를 해야겠다.

지난봄, 귀환의 날이었어. 떠났던 순례자들을 환영하듯이 마을은 그날따라 더욱 아름다웠고, 추위에 움츠려 있던 꽃들이 활짝 피어났어. 나는 화동 대표로 뽑혔는데, 특별히 예쁜 꽃을 상하지 않게 골라내는 능력을 인정받은 셈이었으니 그렇게 뿌듯할 수가 없었지. 그날 소피 너는 하필 조향사들을 따라갔던가? 아무튼 어른들도 귀환자들도 내 꽃다발을 특히 좋아했어. 그때 바람에 실려 오던 향기가 생각나. 그중 어느 것이 네가 만든 것인지는 모르겠지만 정말 멋졌어.

하늘은 푸르고, 부드러운 바람은 꽃인지 향수인지 모를 향을 길에 흩뿌리고, 어느새 이동선에서 내린 귀환자들이 사박사박 밟히는 은모랫길을 따라 걸어왔지.

우리는 미리 구역을 맡아 띄엄띄엄 나누어 섰어. 귀환자들을 환대하는 장식을 머리에 쓰고 있었어. 우리도 어른들도 떠난 사람들 중 채 절반도 돌아오지 않는다는 사실을 알았지만, 꽃다발은 항상 떠났던 사람들의 수만큼 준비되었지. 이번에는 절반보다도 훨씬 더 많은 꽃이 남았어. 어른들은 그 사실을 슬퍼하지 않았어. 남은 꽃들은 어른들이 오두막 안으로 가져갔어. 귀환의 마지막 절차, 대면식이 이루어지는 장소를 장식하기 위해서였지.

언젠가 귀환의 날을 앞두고 선생님에게 물었던 적이 있어. "혹시, 순례자들은 시초지에서 험한 일을 당하는 건가요? 무서운 일이 생기나요? 그래서 돌아오지 못하는 걸까요?" 선생님은 아주 귀엽고 재미있는 이야기를 들었다는 듯이 환하게 웃더니, "데이지, 그럴 리가 있겠니? 순례자들은 그곳에서 선택을 하는 거란다. 누구도 그 선택을 강요하지 않아" 하고 알 듯 모를 듯한 대답만 돌려주셨지. 험한 일 같은 건 없다는 이야기일까? 그 말을 믿지 않을 수도 있었겠지만, 선생님의 웃음이 너무 밝고 또 쓸쓸해 보여서 나는 되물을 생각도 하지 못했어.

귀환자들의 대부분은 표정이 환했지. 오랜만에 만나는 선생님들에게 다들 활짝 웃으며 인사를 건넸고, 그리웠다며 우리를 꼭 안아주는 귀환자들도 있었어. 분명히 우리와 크게 차이가 나지 않는 체격이었는데도 이상하게 정말로 어른이 되어 돌아온 것 같았어.

마을의 어른들은 귀환자들을 오두막 안으로 데려갔어. 우리 아이들은 간식 더미를 선물로 잔뜩 받은 다음, 남은 꽃들을 한곳에 치워둔 채 자리를 떠나야 했어. 순례를 떠나기 전까지는 시초지의 이야기를 듣는 것이 금기니까. 나는 화동 대표답게 마지막까지 남아 일을 도왔지만 이제는 정말로 가야 했어. 바로 그때였어. 오두막 앞에서 걸음을 돌리다가 나무와 나무 사이를 뛰어넘는 다람쥐 한 마리를 보았어. 그리고 그 다람쥐를 눈으로 쫓다가, 오두막 뒤편에 시선이 멈췄어. 꽃다발이 내던져져 있었어. 세심하게 고르고 예쁘게 묶은 꽃이 그렇게 버려져 있다니. 다시 주워서 집에 꽂아두기라도 해야겠다는 생각에 나는 꽃다발을 주우려고 갔는데…….

거기에 누가 있었어. 던져진 꽃다발은 그 남자의 것이었어.

그는 울고 있었어.

남자는 내가 다가오는 것을 보고 화들짝 놀라 자리에서 일어났어. 이렇게 말해도 될지 모르겠지만, 나는 이 마을에서 누군가가 그렇게 비참하고 절망적인 표정을 짓고 있는 걸 처음 봤어. 마치 모든 것을 다 잃어버린 듯한, 비탄에 잠긴 얼굴. 그런 감정은, 뭐랄까, 그런 감정이 존재한다는 것은 알고 있었지만……. 그건 어디까지나 책 속의 이야기였으니까.

"무슨 일 있으세요? 도와드릴까요?"

그는 고개를 저었어. 그리고 나를 유심히 관찰하더니, 내가 꽃을 내밀었던 화동이라는 사실을 알아차린 것 같았어. 그의 손에는 아주 낯선, 마치 이 마을 밖에서 온 듯한 기계 같은 것이 들려 있었는데, 내가 그것을 빤히 바라보자 움찔하며 등 뒤로 감췄어.

"그게 뭐예요?"

"너도 언젠가는 알게 될 거야."

"그 물건 때문에 슬프신가요?"

"나는 시초지에 두고 온 것 때문에 슬퍼."

"뭘 두고 오셨는데요?"

그는 대답하지 않았지. 나는 더 캐물어봐야 소용이 없다는 걸 알았고, 그는 퉁퉁 부은 눈으로 자리에서 일어나 오두막 뒤의 숲 속으로 아주 사라져버렸어.

소피, 이쯤 되면 너도 그 사람이 누구인지 궁금하겠지. 나도 그랬어. 마을로 돌아간 나는 올해 귀환자들을 잘 아느냐고 아이들에게 물었어. 돌아온 사람들은 누구일까? 돌아오지 않은 사람들은 또 누구일까? 그는 무엇을 두고 왔을까? 두고 온 '것'이라고 말했지만, 그건 물건이 아니라 사람인 건 아닐까? 혹시 돌아오지 못한 사람 중 누군가가 그가 말한 '두고 온 것'일까?

네게도 같은 질문을 내가 했던가?

순례를 떠나기 전까지 시초지에 관해서 추측하지 않는 '금기' 때문에, 우리는 순례자들이 시초지에서 무슨 일을 겪는지 전혀 몰랐어. 누군가는 돌아오지 않는 순례자들이 있는 이유가 시초지에서의 비극으로부터 비롯된 것이 아닐까 조심스럽게 추측했지만, 대부분은 그렇게 생각하지 않았어. 너도 아마 그중 하나였던 것 같아. 네가 이렇게 말했던 걸 기억해.

"정말로 그 순례가 위험하다면, 왜 그렇게 위험한 곳에 우리를 보내겠어?"

나도 그 말에 고개를 끄덕였어. 하지만 지금 생각해보면, 진심으로 믿었던 건 아니었어. 저 밖에 아주 무섭고 두려운 장소가 있고 그럼에도 불구하고 어른들이 우리를 그곳으로 떠민다는, 그런 상상을 하기가 괴로웠던 거야.

언젠가 과거 인류의 성년식에 관한 문서를 읽은 적이 있어. 성년식은 역사상 수많은 곳에서 수많은 방식으로 수없이 행해졌어. 성년이 되었다는 증명을 위해 어디론가 아이들을 보내는 것이, 우리 마을만 가지고 있던 관습은 아닌 거지. 그들은 아이가 어른이 되었다는 증명을 하기 위해서 가혹한 시험을 했어. 혼자서 맹수를 잡아 오라는 시험도 있었고, 날카로운 칼날 위를 걷게 하기도 했지. 엄격한 시험에 응하고 살아남은 이들만이 제대로 된 어른으로 받아들여졌어. 이전까지는 그런 관습들이 과거의 야만성에 불과하다고 생각했지만, 어쩌면 그건 성년식 자체가 내포하고 있는 시험의 속성인지도 모른다는 생각이 그제야 들었던 거야.

그때부터 생각해본 적 없었던 질문들이 물밀 듯이 머리로 밀어닥쳤어.

왜 책 속의 세계는 갈등과 고난과 전쟁으로 점철되어 있는데, 이 마을은 이렇게나 평온한 걸까?

왜 이 마을에는 어른이 적고 아이들만 이렇게 많을까?

떠난 순례자들은 왜 돌아오지 않을까?

그 남자는 왜 그렇게 세상을 다 잃은 듯 울고 있었을까?

소피, 혹시 너도 기억할까. 우리가 학교에서 시초지의 역사에 관해 배우면서 꾸벅꾸벅 졸던 어떤 수업 시간에, 총명한 오스카가 이런 질문을 던진 적이 있었어.

"선생님, 그런데 왜 우리에게는 역사가 없나요?"

선생님은 당황하는 눈치도 없이 웃으면서 답했지.

"우리에게 왜 역사가 없겠어? 너희도 모두 릴리와 올리브의 이야기를 잘 알잖아. 이 마을의 설립자들. 그들이 우리에게 이 아름다운 마을을 물려주었고, 시와 음악과 노래를 가르쳤지."

"하지만 그건 시초지의 역사에 비하면 너무 짧고 비어 있잖아요."

"오스카. 어른이 되면 모든 사실을 알게 될 거야. 기다려야 한단다."

말하기 부끄럽지만 나는 오스카가 그런 질문을 하기 전까지는 우리의 역사에 관해 생각해본 적이 없었어. 어쩌면 일상의 균열을 맞닥뜨린 사람들만이 세계의 진실을 궁금해하게 되는 걸까? 그 울고 있던 남자와의 만남 이후로 나는 한 가지 충격적인 생각에 사로잡혔어.

우리는 너무나 행복하지만, 이 행복의 근원을 모른다는 것.

소피. 학교 뒤뜰에는 금서들을 모아둔 도서관이 있어. 이 편지를 다 읽고 나면 너도 가서 확인해볼 수 있을 거야. 그곳은 아주 평범한 정원 같고, 키가 큰 꽃들이 잔뜩 심겨 있어 시야를 가려대는 통에 도서관이 있다는 사실을 눈치채기 힘들어. 사실 나는 도서관에 관한 소문을 아주 최근에야 들었어. 음, 혹시 네가 이미 알고 있는 이야기를 뒤늦게야 자랑하듯 하고 있는 게 아닐까 걱정이 되지만.

어쨌든 그곳에 가서 아주 유심히 정원을 관찰하다 보면 이상하게 빳빳한 꽃들이 심겨 있는 직사각의 화단이 있을 거야. 나는 거기서 10분이나 머무르고 나서야 알게 된 건데, 거기 심긴 꽃들은 바람이 불어도 흔들리지 않아. 옆에 가서 꽃에 손을 뻗어보면 짜릿한 감각이 팔을 타고 흘러. 정말 놀랍지.

소문은 다른 게 아니라, 그 뒤뜰을 지킨다는 문지기에 관한 거였어. 뒤뜰에서 무슨 이야기라도 하려고 하면 벽에서 요란한 소리가 나면서 침범한 사람들을 쫓아낸다는 거야. 나는 언젠가 마을에 숨겨진 거대한 금서 구역에 관한 이야기를 들은 적이 있었고, 그 문지기가 지키고 있는 건 사실 뒤뜰이 아니라 금서 구역일 거라고 확신했어.

그곳에 접근하려면 아주 인내심이 있어야 해. 나는 문지기의 환심을 사기 위해 열흘이나 그 뒤뜰에 가서 꽃들을 돌보았어. 내가 화동이어서 꽃들의 성질을 잘 아는 게 다행이었지. 분명히 문지기는 거기에서 나를 보고 있을 텐데도, 아무 말도 하지 않았어.

이쯤이면 지난 10년 중에서도 지금의 뒤뜰이 가장 아름다운 모습이지 않을까. 그런 생각이 들었을 즈음에야 비로소 나는 용기를 냈어.

나는 화단 앞에 서서 말을 걸었지.

"문지기 님. 거기에 계신가요?"

허공중에서 목소리가 들려왔어.

"너는 누구인가."

"저는 마을에 사는 데이지입니다."

"어른인가, 아이인가."

"어른이 되려는 아이입니다. 금서 구역을 찾고 있어요."

"이곳은 아이들에게는 허락되지 않는 공간이다."

"저는 세계의 진실을 알고 싶어요."

"세계의 진실은 여기에 있는 게 아니야."

"하지만 그 진실을 어디서 찾아내야 하는지는 있을 거예요. 저를 들여보내주실 수 없을까요? 궁금해서 매일 밤 잠을 설치고 있어요."

문지기의 무시무시한 목소리 앞에서 전혀 떨지 않았다고 하면 거짓말이겠지. 그렇지만 나는 정말로 매일 밤마다 세계의 진실을 상상하느라 잠을 잘 수가 없었어.

문지기는 오랫동안 고민했어. 10분, 아니, 한 시간. 그보다 더 길었을까. 나는 움직이지 않았어. 문지기가 결정을 내리기를 기다렸지. 아주 까마득하게 느껴지는 시간이 흐른 후에 철컥, 하는 소리가 들렸어. 그가 말했어.

"너는 내가 알던 아이를 닮았군."

화단 뒤의 벽면으로만 보이던 것이 갑자기 다른 빛을 내기 시작했어. 그건…… 그래. 서가로 향하는 문이었어. 나는 보이지 않는 문지기를 향해 허리를 깊게 숙여 인사했고, 서가로 들어갔어.

금서 구역의 서가는 아주 좁았고, 퀴퀴한 냄새가 났어. 햇볕이 잘 들지 않아서 어두웠어. 지난 몇 년간 누군가 찾아오긴 했을까 싶을 정도로 먼지가 쌓여 있었고 책들은 이상하다 싶을 만큼 작고 얇았지.

이게 책이란 말야? 나는 혼자 중얼거렸어.

서가에서 나는 릴리와 올리브의 이름을 찾았어. 릴리, 올리브, 이 마을을 만든 사람들. 순례의 의식을 시작한 사람들. 어른들이 칭송하고 존경하는 설립자들. 이 모든 것을 시작한 여자들.

그곳에 올리브의 기록이 있었어.

아주 작고 얇은 책을 서가에서 뽑아 펼쳤을 때 나는 그게 진짜 책이 아니라는 사실을 알았지. 펼쳐진 종이 위에서 눈부신 빛이 쏟아졌고 허공중에 어떤 그림을 그렸어. 마치 금서 구역의 바깥문을 나타내던 방식 같았지.

그건 우리에게 허락되지 않은 시초지의 기술이었어.

펼쳐진 그림 위에서 한 여자가 있었어. 눈이 마주친 것 같았지. 아, 나는 그 얼굴을 이미 알고 있었어. 올리브. 이 마을의 역사. 하지만 초상화에서 보았던 나이 든 모습은 아니었어. 올리브는 고작해야 방금 순례를 마친 귀환자들만큼이나 어려 보였어.

2170. 10. 2.

그림에 겹쳐진 숫자가 떴어.

'우리는 왜 이곳에 왔는가.'

글씨가 깜빡였어.

올리브는 작은 기계를 손목에 매고 있었어. 올리브 뒤로 펼쳐진 풍경이 마구 일그러지며 변하기 시작했어. 그곳은 아주 먼 곳…… 여기에는 없는 세계처럼 보였어. 올리브는 어떤 기록을 남기듯, 기계 가까이 입을 가져가 담담히 말하기 시작했어.

"릴리는 나를 너무 사랑해서 이 도시를 만들었다.

그 사실을 알게 된 건 1년 전의 일이다."

* * *

"릴리 다우드나를 찾고 있는데요."

자연사박물관의 인포메이션을 지키던 남자는 목소리가 들려온 곳으로 고개를 돌렸다. 텅 빈 로비의 거대한 코끼리 전시물 아래에 단발을 한 여자가 서 있었다. 여자는 후드를 쓰고 있었다. 후드에 반쯤 가려진 얼굴에는 아주 커다란 흉터가 있었는데 마치 전신 화상을 입은 것처럼 보였다. 얼룩덜룩한 피부가 다소 흉측해 남자는 미간을 찌푸렸지만, 곧 모른 척 표정을 되찾고 자리에서 일어났다.

"어떻게 들어오셨죠?"

"입구를 통해서요."

"닫아놨을 텐데요. 관람 시간은 지났습니다."

저녁 7시였다. 관람객들의 출입이 허가된 시각은 이미 훌쩍 지났다. 여자는 남자의 말을 전혀 이해하지 못한 듯 물끄러미 그를 쳐다보았다. 남자는 조금 짜증이 났다. 분명히 모든 출입구를 잘 단속하라고 했는데 신입 경비 직원이 또 실수를 한 모양이었다. 하지만 미처 잠그지 못했다고 해도 벨벳 차단봉이 놓여 있을 텐데, 설마 무시하고 들어온 걸까?

여자가 물었다.

"릴리 다우드나에 관한 정보는 어디에 있죠?"

직원은 어느새 창구 앞으로 가까이 다가온 여자의 얼굴을 뚫어져라 보았다.

"이봐요. 성함이 어떻게 되십니까?"

"올리브입니다."

"올리브 씨. 지금은 박물관이 문을 닫았어요. 모두 여기서 나가야 합니다. 저도 그렇고요. 내일 다시 오시죠."

이 정도면 충분히 친절하게 말했다고 생각했는데, 올리브는 콧등을 살짝 찡그려 보이더니 이렇게 말했다.

"어쨌든 여기에 다우드나에 관한 정보가 있다는 말씀이시죠?"

망할 다우드나. 직원은 순간 평정심을 잃을 뻔했지만, 어쩌면 저 여자는 약간 아픈 사람일지도 모른다는 사려 깊은 추측에 도달했다. 요즘은 그런 종류의 병들은 다 사라졌다고 들었는데, 눈앞에 이 여자가 있는 걸 보면 분명 그렇지는 않은 모양이었다.

"당연히 있죠. 릴리 다우드나를 모르는 사람이 여기에 있을까요? 내일 아침이 밝으면, 오전 10시 정각에 2층으로 가서 '신인류' 관을 둘러보세요. 그 여자에 관해서라면 지겹게 볼 수 있을 테니까요."

직원은 스스로의 목소리가 신경질적으로 변하는 것을 느꼈다.

박물관 일을 10년째 했지만 다우드나를 저렇게 집착적으로 찾는 사람은 또 처음이었다.

여자는 내키지 않는 표정을 지었다. 하지만 직원이 완강하게 나오자, 어쩔 수 없다는 듯이 고개를 끄덕였다.

직원은 감시 화면을 통해 여자가 정말로 밖으로 나갔는지를 확인한 다음에야 자리에 다시 앉았다. 오늘 제출할 서류 작업이 남아 있지 않았더라면 아예 여자를 밖으로 데리고 나가서 확실히 내쫓았을 것이다. 무슨 사정이 있는지는 모르겠지만 분명 귀찮은 방문객이다. 내일도 찾아오지 않았으면 생각도 내심 들었다. 일단 순순히 물러났으니 별일이야 없겠지만.

그러나 밤이 되면서 남자는 무척 불안한 기분에 휩싸였다. 아까 그 여자를 그렇게 보내버려서는 안 되었다는, 윽박지르기라도 해야 했다는 생각이 뒤늦게 들었던 것이다.

자신이 '신인류' 관 이야기를 했던가?

남자는 가장 먼저 2층의 신인류 관으로 올라가보았다. 긴장하며 불을 켰지만 당연하게도 아무도 없었다. 다행히도 보안 시스템에는 보고된 문제가 없었고 누군가의 침입 흔적도 보이지 않았다. 남자는 흡족스러운 표정으로 관을 한 바퀴 돌고는 입구를 나왔다.

아니, 나오려고 했다.

순간 무언가를 알아챈 남자의 표정이 굳었다.

전시장에 있던 릴리 다우드나의 연구 노트가 사라져 있었다.

올리브가 처음 도착한 곳은 사막이었다. 이동선에 내장된 프로그램은 '동부로는 접근할 수 없다'는 말만 한참이나 반복하더니 결국 서부 황무지로 배를 처박았다. 지구에 온 건 처음이었으니 이동선 충전을 어떻게 하는지도 알 수 없었고, 겨우 건져낸 건 통역 모듈과 사전 정도였다.

문지기의 말대로였다. 마을의 진실, 그리고 그녀의 어머니 '릴리'의 과거에 대해 알아내겠다는 포부만으로 무작정 지구로 향한 건 정말이지 무모한 행동이었다. 지구에 적응하는 일과 살아남는 일은 모두 끔찍했다.

한참 걸어서 겨우 모하비 사막 가운데의 도시 이타사를 발견하지 않았더라면 진실에 관해 알아내기는커녕 일주일 만에 굶어 죽었을지도 모른다. 올리브가 걸치고 온 옷은 이곳에서는 지나치게 눈에 띄었다. 사람들은 몸에 딱 달라붙는 플라스틱 소재의 슈트를 입고 다녔고, 밤이 되면 화려한 색채가 옷을 휘감았다. 대신 도시 외곽에서 본 소년들은 그나마 올리브와 비슷한 신세 같았다. 그들은 낡은 천을 걸치고 관광객들의 주머니를 털러 다녔는데, 올리브의 행색을 흘끗 보고는 털어 갈 것도 없다고 생각했는지 금세 눈길을 돌렸다. 머무를 호텔을 잡는 일조차도 쉽지 않았다. 마을을 떠나기 전 문지기가 해주었던 말에 의하면 인식카드는 지구에서 사용하기에 법적으로 아무 문제가 없었지만, 문제는 인식카드가 아닌 다른 것에 있는 듯했다. 사람들은 올리브가 길가의 쓰레기라도 되는 것처럼 대했다.

그 이유를 알게 된 건 도시에 도착한 이튿날이었다. 지구와 마을에 관한 단서를 찾기 위해 도시 곳곳을 살피다가 통역 모듈이 제 일을 못 한다는 사실에 절망하게 되었을 무렵, 어떤 노인이 말을 걸어온 것이다.

"아가씨, 그 얼굴은 어떻게 된 거요?"

"네?"

노인은 연민과 동정이 가득한 눈빛으로 올리브를 보고 있었다. 마을에서는 도저히 본 적이 없는 표정이었지만 본능적 감각으로 알 수 있었다. 어쨌든 노인은 올리브를 위협하는 것 같지는 않았다. 그리고 그가 말하는 것은 아마 얼굴의 얼룩을 말하는 듯했다. 올리브는 살짝 웃어 보인 다음 말했다.

"저는 태어날 때부터 이랬어요."

"저런, 안타깝군."

"왜 안타까우신가요?"

올리브의 질문에 노인은 더욱 동정하는 듯한 얼굴을 했다.

"시술을 받지 않았소? 태생 시술 말이오. 그 정도의 큰 결함이라면 스크리닝에 분명히 잡혔을 텐데."

올리브는 통역 모듈이 제대로 작동하지 않는 게 분명하다고 생각했다. 노인의 말을 전혀 이해할 수 없었던 것이다.

"태생 시술이 뭔데요?"

노인은 안쓰럽다는 듯 한숨을 내쉬었다.

"미안하네. 내가 말을 잘못 꺼냈어. "

그러더니 노인은 주머니를 뒤적거려서 무언가를 꺼냈다.

"모든 사람이 안온한 환경에서 태어나는 것은 아니지. 특히 이곳 사막에서는 말야."

올리브는 노인이 건네는 것을 알아볼 수 있었다. 문지기가 '크레딧 칩'이라고 부르던 것이었다. 올리브는 받지 않으려고 했지만 노인은 크레딧 칩을 올리브의 손에 막무가내로 쥐어주었다. 노인은 어디론가 빠른 걸음으로 사라져버렸다.

올리브는 불쾌한 감정을 느꼈다. 하지만 그 이유를 잘 설명할 수가 없었다. 마을에서는 단 한 번도 해본 적이 없는 경험이었다. 어쨌든 분명한 사실은 있었다. 지구의 사람들은 올리브를 무언가 다르게 본다는 것. 그리고 올리브의 얼굴에 자리 잡은 커다란 얼룩이 그 이유 중 하나라는 것이었다.

도시 외곽에 머무르면서 올리브는 이곳의 생태에 관해 천천히 이해하게 되었다. 외곽에는 올리브와 비슷한 사람들이 많았다. 비슷하다는 건, 얼굴에 커다란 얼룩이 있는 건 아니지만 적어도 그런 것처럼 취급받는 특성들을 가지고 있다는 이야기다. 그들은 스스로를 비개조인이라고 불렀다. 올리브가 보기에 그들에게는 아무 문제도 없었지만, 비개조인들은 자신들에게 분명한 문제가 있다고 믿고 있었다. 그들은 자신이 지능이 낮거나, 외모가 흉측하거나, 키가 작고 왜소하거나, 병들어 있다고 생각했다. 그들의 분류에 따르면 올리브도 비개조인이었다.

도시 외곽에서 올리브는 몇 가지 허드렛일을 구할 수 있었다. 도시는 중심부, 관광객이 주로 찾아오는 번화한 거리 위주로 돌아갔고 외곽에서는 도시 중심부에 가져갈 물자와 먹을 것을 만들었다. 중심부에서는 올리브를 고용하는 곳이 없었다. 그래도 외곽으로 나오면 로봇을 고용하는 것보다 사람을 고용하는 값이 싼 일거리들이 있었다.

통역 모듈이 지구의 말에 적응하기까지는 시간이 걸렸다. 문지기는 '100년 전의 언어라 약간 다를 수도 있다'라고만 했지, 이 정도로 차이가 난다고는 말하지 않았다. 통역기 자체는 지구에서도 흔히 쓰이는 물건 같았지만 내뱉는 말이 워낙 고릿적 말투였기 때문인지, 사람들은 올리브가 무슨 말을 할 때마다 웃음을 터뜨리거나 미간을 찌푸렸다.

올리브는 두 달도 지나지 않아 마을이 너무 그리워졌다. 마을의 진실을 알아내고 싶었고 그 때문에 지구로 오긴 했지만, 이곳에는 도저히 올리브가 찾는 진실 같은 건 없는 듯했다. 마을에서는 상상도 할 수 없던 농담들이 매일 밤 사람들 사이에서 오갔다.

밤이 되면 올리브는 사람들이 많이 모인 술집으로 향했다. 그곳에서 '릴리'를 아느냐고 사람들에게 묻곤 했다. 반응은 대부분 "릴리? 내가 아는 릴리가 스무 명인데, 그중 누구를 말하는 거야?"라거나 "그런 여자 따위 내가 알 게 뭔가?"같이 시큰둥했다. 릴리는 지구에서 너무나 흔한 이름이었고, 사람들은 올리브가 약간 정신이 돌아버린 여자라고 생각하는 것 같았다.

세 번째로 옮긴 가게에서 올리브는 델피를 만났다. 델피는 가게의 칵테일 바에서 오랫동안 술을 팔았던 바텐더로, 올리브에게 간단한 주방 보조 일을 가르쳐주었다. 그녀는 남자들만큼 힘이 셌고 난동을 부리는 손님이 있으면 총을 꺼내 협박하며 제압했다. 로봇을 다루는 솜씨도 매우 뛰어나서 가게 근처의 로봇들은 오직 그녀에게만 복종했다. 가끔 말을 듣지 않는 기계 때문에 난감해진 옆 가게의 주인이 달려오면, 델피는 투덜거리면서도 몇 분 정도 손을 보아서 로봇을 멀쩡하게 되돌려놓곤 했다.

하지만 올리브가 델피에게 끌린 이유는 그런 게 아니었다. 델피는 무언가 조금 다른 사람이었다. 델피는 이타사에서 올리브를 끔찍하게 여기거나 동정하지 않는 거의 유일한 사람 같았다. 지구에 와 있는 몇 달 동안 올리브는 사람들의 혐오스러운 시선을 많이 받았다. 놀랍게도, 그건 대개 올리브의 얼굴에 있는 얼룩 때문이었다. 이게 대체 무슨 문제라는 거지? 올리브는 도저히 이해할 수 없었고, 델피는 올리브와 마찬가지로 그게 무슨 문제인지 이해할 수 없다고 말하는 단 한 명뿐인 사람이었다.

올리브가 이유 없이 손님에게 욕을 듣고 뺨을 맞을 뻔한 날에, 델피는 화를 내며 다시 가게에 나타나면 죽여버리겠다고 손님을 협박하며 내쫓았다.

"다들 멍청해서 그래. 내세울 게 없어서. 그렇지만 세상이 이렇게 된 것도 우리 탓만은 아니니 그들 욕만 하기는 좀 그렇지."

"그럼 세상이 이렇게 된 게 누구 탓인데?"

정말로 궁금했다. 지구는 왜 이렇게까지 마을과 다른지. 델피는 유리잔을 닦더니 어깨를 으쓱했다.

"글쎄, 100년 전에 나타나 신인류를 만들어버린 일군의 해커들? 이봐, 리브. 넌 대체 어디서 온 거야? 왜 이런 상식 중의 상식을 묻고 있지?"

무어라고 말해야 할까. 올리브는 대답할 말이 없어 머리를 굴렸다. '마을'에 대해서 지구의 사람에게 어떻게 설명할 수 있을까. 델피는 올리브가 곤란해하는 것을 지켜보더니 재미있다는 듯이 웃었다.

"이따 퇴근하고, 오늘 새벽에 시간 되면 가게에 다시 들러. 문 닫을 때쯤이 좋겠다."

대체 무슨 말을 하려는 건지 짐작할 수 없어 잔뜩 긴장하며 가게로 온 올리브는 텅 빈 가게에서 피아노를 연주하고 있는 델피를 보았다. 가게의 피아노는 종종 연주자를 초청해 공연할 때 쓰다가 얼마 전부터는 손님이 줄어 먼지만 쌓여가고 있던 것으로, 마을에서 보았던 피아노보다 훨씬 둔탁한 소리가 났다. 조율이 잘 되지 않은 것 같았다.

하지만 델피의 연주는 달랐다. 델피는 피아노를 마치 태어날 때부터 손에 붙이고 태어난 것처럼 매끄럽게 연주했다.

"마음에 들어?"

올리브는 가슴이 벅차서 고개를 끄덕였다. 마을에서 듣던 것과는 완전히 다른 종류의 음악이었다. 그래서 더욱 아름다웠다.

델피는 자신이 실패한 개조인이라고 말했다. 그녀의 부모는 딸을 뛰어난 음악가로 만들고 싶어 했다. 그건 그들의 이루지 못한 꿈이기도 했다. 그러나 델피의 부모는 비싼 값을 주고 유전자 시술을 맡길 재정적 여유가 없었다. 저렴한 값에 시술을 맡았던 해커는 델피의 배아를 풍부한 예술적 재능을 가지도록 개조하는 데에는 성공했지만, 다른 태생적 문제들을 안겨주었다. 델피는

식이 장애와 심장 질환의 위험 요인을 가지고 태어났다. 델피는 폭력적인 아이였고 부모에게 고분고분히 굴지도 않았다. 10대 후반에 델피는 자신을 억압하고 통제하는 부모로부터 도망쳤다. 그리고 부모가 다시는 그녀를 찾을 수 없도록, 서부로 와서 유전자 지문을 바꾸는 시술을 받았다. 돌팔이 의사에게 시술을 받은 부작용으로 델피는 한쪽 귀가 거의 멀었다.

"네가 난폭하다니. 말도 안 돼."

"글쎄. 사장은 내가 너에게만 다정하다고 구시렁거리던데?"

올리브는 그 말에 얼굴을 붉혔다. 델피가 사탕을 와작 씹으며 물었다.

"넌 대체 뭘 찾고 있어? 낮마다 도서관에 가잖아. 이타사에서 그렇게 학구열이 높은 여자는 처음 봐. 말도 아직 잘 못하면서, 글은 잘 읽어? 그 요상한 기계가 해주는 건가."

"나는……."

올리브는 솔직하게 말할까 하다가 멈칫하고는, 어깨를 으쓱하며 말했다.

"그냥 산책 같은 거야. 도서관에 가면 책 냄새가 나서 좋잖아."

델피는 믿지 않는 눈치였지만 더 캐묻지도 않았다.

이제 올리브는 통역 모듈을 쓰지 않고도 이곳의 언어로 약간은 말할 수 있었다. 자료를 찾을 때는 통역 모듈이 여전히 필요했다. 그리고 릴리에 관한 조사는 전혀 진척이 없었다. 올리브는 가끔 모든 걸 포기하고 마을로 돌아갈 방법을 찾을까 생각하기도 했다. 그러나 그런 생각을 할 때면, 이상하게도 델피의 이름이 혀끝에 맴돌았다.

이타사는 분리주의 정책을 고수하는 도시 중 하나였다. 도심은 개조인들의 구역으로, 도시 외곽은 비개조인들의 구역으로 철저하게 나뉘었다. 도심은 화려하고 단정하고 아름다웠고, 외곽은 버려진 이들의 세계였다. 델피는 엄격히 분류하자면 개조인이었는데도 분리주의 정책을 매우 혐오했다. 가끔 비개조인들과 개조인들 사이에 싸움이 생기면 델피는 언제나 비개조인들의 편을 들었다.

어느 날은 가게가 문을 닫을 무렵, 중년의 남자들이 무리를 지어 들어왔다. 테이블을 정리하고 있던 올리브는 그들에게 정중히 나가달라는 부탁을 했지만, 남자 중 한 명이 손을 치켜들었다. 그가 실실 웃으며 올리브의 어깨에 팔을 얹었다.

"나, 이 여자 알아. 맞지? 그 정신 나간 여자."

바에서 유리잔을 닦고 있던 델피가 인상을 잔뜩 찌푸린 채로 이쪽을 보고 있었다. 당장이라도 바를 뛰어 넘어올 기세였다. 올리브가 남자를 진정시키기 위해 손을 들어 올렸다.

"맞잖아. 다른 술집에서 자주 봤어. 네가 '릴리'라는 여자를 그렇게 애타게 찾는다며? 과거 연인이야? 혹시 릴리라는 그 여자는 눈이 멀었나? 비위가 좋은가 보지? 얼굴에 그런…… 끔찍한 게 있는데 말야."

남자는 낄낄거리며 모욕적인 손동작을 했다. 올리브는 당황스러웠지만, 그보다도 뒤에 있을 델피가 더 신경 쓰였다. 다른 술집에서 릴리에 관해 자주 묻고 다닌 건 사실이었다. 하지만 그러지 말았어야 했다. 어차피 아무 소용도 없었는데. 만약 델피가 오해를 하기라도 한다면.

동행한 다른 남자들은 올리브에게 시비를 거는 남자를 재미있다는 듯이 두고 보기만 했다. 올리브는 입을 꾹 다물었다.

어느새 다가온 델피가 남자에게 날카로운 무언가를 겨누었다.

"이제 꺼져."

남자는 그것을 잡아채려고 했지만, 델피가 팔을 휘두르는 것이 더 빨랐다. 날에 베인 남자의 팔뚝에서 피가 흘러내렸다. 델피의 무기에서 위협적인 섬광이 번뜩였다.

뒤에 서 있던 남자가 협박하듯 말했다.

"손님에게 이게 무슨 짓이지, 델피? 경찰을 부를 거야."

델피는 전혀 굴하지 않았다.

"여긴 비개조인들의 구역인데 경찰이 올 것 같아? 한 번만 더 얼씬거리면 살인로봇으로 죽여버릴 테니까 당장 꺼져."

올리브는 정말 이 가게에 살인로봇이 있을지 의심스러웠지만, 남자들은 기가 차다는 듯한 표정을 지으면서도 물러났다.

문이 닫히자 델피는 입을 다물었다. 기다렸지만 여전히 말이 없었다. 올리브는 울 것 같은 기분이 되어 말했다.

"델피, 방금 저 남자들이 한 말은 신경 쓰지 마. 릴리라는 그 여자는 절대로……."

"나, 네가 찾는 '릴리'를 알아."

델피의 입에서 나온 예상하지 못한 말에 올리브는 당황했다.

"어떻게?"

"글쎄. 멍청한 서부 놈들은 대부분 모르겠지만 나는 교육을 제대로 받았거든. 대학을 나온 놈들이라면 릴리 다우드나를 모를 수가 없고. 하지만 네가 정말로 그 '릴리'를 찾는 줄은 몰랐어. 우리는 보통 디엔이라고 부르니까."

올리브는 릴리의 성이 다우드나라는 사실을 몰랐다. 하지만 이 순간은 직감으로 알 수 있었다. 델피가 말하는 '릴리'는, 올리브가 찾고 있던 릴리였다.

델피가 물었다.

"릴리 다우드나와는 무슨 관계야?"

올리브는 문지기가 했던 말을 떠올렸다. 지구에 가서 정보를 찾아보는 건 좋지만 절대로 릴리와 올리브의 관계를 그대로 털어놓지는 말라는 이야기였다.

"그냥 개인적으로 관심이 있는 사람이야. 잘 아는 사이는 아니고."

델피는 고개를 저었다.

"그렇게 말해도 소용없어, 리브. 그 릴리에게도 너와 똑같은 얼굴의 흉터가 있었다지."

올리브의 표정이 굳었다.

델피는 올리브의 얼굴을 보고 있었다. 아니, 얼굴의 흉터를 보고 있었다. 올리브가 기억하는 한 델피가 올리브의 흉터에 관해 직접 말을 꺼낸 건 처음이었다.

"우연이라고 생각했어. 하지만 방금 릴리 다우드나를 찾고 있다는 말을 듣고 확신했지. 혹시 다우드나가 네 조상이야? 고조할머니보다도 더 되었겠군. 한 번도 실제로 만난 적은 없겠지만."

"아니, 나는……."

대답하려다가 올리브는 무언가 이상한 점을 느꼈다. 그래서 대신 이렇게 물었다.

"왜 릴리가 그렇게 오래전의 사람이라고 생각하지?"

델피는 어깨를 으쓱했다.

"난 바보가 아냐. 릴리 다우드나는 100년도 전의 사람이야. 그리고 바로 그녀가, 이 악몽 같은 세계를 만들었어."

다음은 올리브의 음성 기록이다.

릴리 다우드나는 2035년에 콜롬비아 보고타에서 태어났다. 그녀는 일곱 살 때 가족을 따라 보스턴으로 이주했다. 릴리는 생명공학계에서 이름을 알린 친척 과학자들의 이야기를 듣고 자랐고, 책과 논문을 읽으며 그녀의 관심과 재능을 발견했다. 엘리트 과학자로의 성장은 순조로웠다. 그녀는 MIT를 졸업하고 박사 과정을 밟으며 빠르게 논문을 발표하며 커리어를 쌓아갔다. 그러다 어느 날 갑자기 잠적해버렸다.

당시는 바이오해커 집단이 본격적인 활동을 시작하던 무렵이었다. 간편한 유전자 편집 기술의 보급, 지구 상의 거의 모든 종에 관한 유전체 지식과 '미니 랩'의 보편화로 약간의 지식을 가진 사람이라면 누구나 집에 실험실을 차리고 유전자 조작 생물체를 만들어낼 수 있었다. 물론, 대부분은 처참하게 실패했다. 그러나 일부는 유전체에 관한 직감과 지식으로 기업체에서도 실패한 유전 퍼즐들을 풀어냈고, 일부는 프리랜서 바이오해커로 수많은 기업체들의 러브콜을 받으면서도 독립적인 활동을 지속하고 있었다.

릴리 다우드나가 다시 활동을 시작한 건 익명의 프리랜서 바이오해커 '디엔'으로서였다. 보스턴 어딘가에 인간배아 디자인을 해주는 해커가 있다는 소문이 퍼졌다. 처음에는 아무도 믿지 않았다. 유전자 편집 기술이 발달하면서 인간배아 디자인을 시도해본 사람들이야 많았지만, 그것은 거의 항상 실패했기 때문이다. 끔찍한 토마토나 끔찍한 쥐를 만들어내는 것보다 끔찍한 인간을 만들어내는 일은 시행자의 영혼을 더 손상시켰다. 바이오해커들은 그런 일을 더 이상 맡지 않으려고 했다.

그런데 디엔이라고 불리는 익명의 해커는 인간배아 디자인을 완벽하게 해냈다. 충분한 값을 지불할 용의가 있는 부유층 중심으로 디엔의 명성이 알려졌다. 그녀는 다른 해커들과 같은 툴을 썼지만, 다른 해커들처럼 '청사진'을 짜는 데에만 그치지 않았다. 디엔은 발생 과정과 그 이후까지 관여했다. 그녀는 별도의 인공 자궁에서 의뢰받은 아이들을 키웠고, 기계와 로봇으로 신생아들을 양육했다. 정확히 6개월이 되었을 때 부모들은 보육로봇에게 안긴 아이와 유전자 검증 서류를 함께 받았다.

디엔이 인간배아 디자인에 성공한 이유로 발생과 후성유전적 변형을 완벽하게 통제했다는 점이 손꼽혔다. 다른 바이오해커들은 디엔을 모방하려고 했고, 그녀의 작은 연구실과 인공 자궁 배양실에 침입을 시도하기도 했다. 그들 대부분은 디엔의 자취조차 찾아내지 못했다. 그러나 디엔의 클라이언트들이 조금씩 뿌린 정보로 인해 해커들은 디엔의 방식을 조금씩 습득했다.

디엔의 정체가 릴리 다우드나라는 사실도 천천히 알려졌다. 하지만 아무도 디엔이 왜 그런 짓을 하는지, 좋은 대학을 나와 과학자로서의 성공 가도를 달리던 그녀가 왜 갑자기 불법 바이오해커가 되었는지에 대해서는 알지 못했다. 무성한 추측만이 있을 뿐이었다.

디엔이 보스턴에 나타난 지 약 5년 만에 미국 전역에서 인간배아 시술이 유행하게 되었다. 실패한 시술로 인한 끔찍한 기형아들이 태어났다. 누구도 원본, 즉 디엔의 실력을 따라가지는 못했다. 그러나 해커들은 점점 적응했다. 디엔은 인간배아 디자인 금지 법안에 따라 수배 명단에 올랐지만 끊임없이 집을 옮겨 다니며 새 연구실을 차렸고 쉴 틈 없이 의뢰를 받았다. 릴리의 손을 거친 아이들이 수천, 수만이라는 소문까지 돌았고 그것은 전혀 과장처럼 보이지 않았다.

인간배아 시술이 흔해지면서 물밑에서 바이오해커들을 모아 일종의 배아 디자인 기업을 운영하는 경우도 생겨났다. 그래도 여전히 포섭되지 않는 해커들은 많았고, 거기에는 디엔의 존재가 한몫했다. 온라인에는 쉽게 끼워 맞출 수 있는 '유전 블록'이 공유되었다. 사람들은 디자인에 의해 만들어진 아름답고 유능하고 질병이 없고 수명이 긴 새로운 인류를 '신인류'라고 통칭했다.

캘리포니아 대지진으로 서부 도시들이 황폐화되자, 신인류로 태어나지 못한 비개조인들이 서부로 밀려났다. 재앙 이후에도 굳건했던 동부의 도시는 대부분 개조인들의 거점이 되었다.

그리고 이 모든 일의 시작점이자 원흉으로 지목되는 디엔, 릴리 다우드나는 어느 날 아주 갑작스럽게 사라졌다.

그녀가 사라진 시점은 디엔이 바이오해킹 활동을 시작한 지 약 15년 후, 디엔의 나이가 막 40대에 접어들었을 무렵으로 추정된다.

누군가는 디엔이 인간배아 디자인 반대 단체의 사주로 살해당한 것이 아닌지, 혹은 연방정부의 은밀한 추적으로 붙잡힌 것은 아닌지 의심한다. 그러나 어느 문건에서도 디엔의 마지막 행방에 관한 단서는 남아 있지 않다.

내가 가장 사랑했던 릴리가 다름 아닌 이 지옥을 만든 사람이었다니. 당장 마을로 돌아가 릴리에게 따져 묻고 싶었다. 이미 릴리가 영원한 동면에 들어간 이후였으니 얼어붙은 릴리의 멱살이라도 잡고 싶었다.

하지만 나는 아직 지구에서 알아내야 할 일이 있었다.

이 자료는…… 그다음의 일에 관한 것이다. 릴리 다우드나가 왜 갑자기 보스턴에서 사라졌는지, 그리고 왜 '마을'로 왔는가에 관한 이야기다.

나는 릴리가 마지막 순간에 남긴 자료를 찾아 헤맸다. 그리고 델피는 나의 그 모든 여정에 함께해주었다. 유전자 개조의 피해자이기도 한 델피가 릴리의 후손인 나를 증오하지 않았다는 것, 그리고 심지어 나를 사랑하기까지 했다는 것은 그 모든 여정에서 가장 놀랍고도 가슴 아픈 점이었다.

릴리가 주로 활동했던 동부 전역을 돌아다닌 끝에 나는 마침내 스미소니언 자연사박물관에서 소장하고 있던 자료 하나를 찾아냈다. 그것은 릴리가 사라지기 직전 작성했던 기록이었다. 그 기록은 영어가 아닌 불가해한 언어로 작성되었고, 여가 시간에 휘갈겨 쓴 낙서와 그림처럼 보였기에 연구자들은 그 노트를 단순한 전시품으로만 여긴 듯했다. 하지만 릴리는 보안을 위해 자신이 고안한 새로운 형태의 알파벳을 사용했고, 일부러 데이터 파일이 아닌 수기를 남긴 것으로 보인다. 그리고 그 문자는 우리가 마을에서 사용했던 문자이기도 했다. 나는 어렵지 않게 릴리의 기록을 해독할 수 있었다.

그것은 릴리가 지구에서 사라지기 전 남겼던 연구에 관한 기록이자, 혼란과 고통에 대해 남긴 기록이었다.

릴리는 오랫동안 자신의 삶을 증오한 것으로 보인다. 릴리에게는 나와 같은 질환, 즉 얼굴에 결코 지워지지 않는 흉측한 얼룩을 남기는 유전병이 있었다. 마을에서 자란 사람들에게는 릴리의 얼룩이 특별한 정보값을 갖지 않는 하나의 특성일 뿐이었지만, 지구의 사람들에게는 그것이 릴리를 마음껏 멸시하고 혐오할 수 있는 하나의 낙인이었다. 이민자의 딸로 사는 삶, 그리고 흉측한 외모를 가진 음침하고 삐쩍 마른 소녀. 릴리는 생애 초반기에 어느 누구와도 제대로 된 관계를 맺지 못한 듯했다.

릴리는 스스로가 괴물이라고 생각했다. 자신이 병을 가지고도 그대로 태어난 것은 부모의 잘못된 결정이라고 생각했다. 릴리의 부모는 가난했고, 병원에서 권유하는 유전병 사전 진단을 전혀 받지 않았다. 사전 진단에서 해당 질환이 정말로 발견되었을지는 모르는 일이지만 릴리는 모든 문제가 자신이 태어나기로 결정된 그 순간에 있다고 생각했다.

릴리가 하필 인간배아 디자인에 손을 대게 된 계기는 정확히 기록되어 있지 않다. 하지만 그 이유를 짐작할 수는 있다. 릴리는 태어나는 아이에게 아름다움을, 아무런 병도 갖지 않고 오직 뛰어난 특성들로만 구성된 삶을 선물하는 것이 그녀가 할 수 있는 일종의 선행이라고 믿었던 것 같다. 그러나 결과적으로 릴리의 배아 디자인 연구는 세상을 배제의 층계로 나누었을 뿐이다. 어쨌든 릴리는 어느 시점까지는 자신의 일에 관해 단 하나의 의심도 품지 않았다. 릴리는 자신이 하는 일이 옳은 세상을 위한 것이라고 믿었다.

마흔 살이 되었을 때, 릴리는 '처음으로 아이를 갖고 싶어졌다'라고 쓰고 있다. 그 전까지 어떤 사람과도 연인 관계를 맺은 흔적이 없고 결혼도 하지 않았던 릴리가 왜 갑자기 아이를 원했는지는 알 수 없다. 하지만 릴리의 심경 변화로 보아 그녀는 오직 혼자서만 도망치는 삶에 약간 싫증이 난 것으로 보인다. 바이오해킹으로 어마어마한 돈을 모은 릴리는 아주 부유했고, 뛰어난 해커인 그녀를 단지 외모만으로 멸시할 멍청한 사람들은 이제 주위에 존재하지 않았을 것이며, 그녀의 삶은 안정기에 접어들었을 것이다.

릴리에게 아이를 만드는 일은 아주 쉬웠다. 그녀는 먼저 자신의 클론 배아를 만들었다. 그런 다음 그녀가 그녀 자신에게 주고 싶었던 가장 좋은 특성들, 아름다움과 지성, 호기심과 매력을 모두 유전자에 새겨 넣었다. 그녀는 자신의 딸을 인공 자궁에 조심스럽게 옮겼고 발생 과정의 모든 유전학적 노이즈를 섬세하게 통제했다.

그리고 내가 생겨났다.

릴리가 나의 '결함'을 눈치챈 것은 발생 초기였을 것으로 추정된다. 디자인이 예정대로 되었는지를 확인하는 과정은 언제나 전체 프로세스의 일부였다. 실수는 늘 일정 비율로 일어났고 그

것을 처리하는 과정도 어렵지 않았다. 배아는 배아일 뿐이다. 폐기하고 다시 만들면 그만이다. 인간은 수정되는 순간부터 존재하는 것이 아니라 발생 과정을 통해 완성된다. 즉, 아직 인간이 되지 못한 존재를 폐기하는 것은 릴리에게 어떤 종류의 죄책감도 불러일으키지 못했을 것이다. 릴리는 내가 그녀와 똑같은 유전병을 가진 것을 알았을 때 나를 즉시 폐기할 수 있었다.

그런데 릴리는 그렇게 하지 않았다.

릴리는 무슨 생각을 했던 걸까?

나의 결함을 발견한 순간 이후에 남아 있는 릴리의 기록은 제대로 해독하기가 어렵다. 알아볼 수 있는 부분은 단 한 줄이었다. 릴리는 이렇게 쓰고 있다.

'이로써 나는 태어날 가치가 없었던 삶임을 증명하는가?'

릴리는 나에게서 자신을 보았던 것인지도 모른다. 소외된 자신. 세계에서 배제된 자신. 그러나 악착같이 살아남아 어떤 방식으로든 삶의 가능성을 입증한 릴리 다우드나.

그녀의 결정에 대해 무슨 말을 해야 할지 아직도 나는 모르겠다. 릴리는 자신의 삶을 증오했지만, 자신의 존재를 증오하지는 못했다.

당시까지만 해도 릴리가 발생 과정 중에 있었던 나를 인간으로 생각하지 않았음은 분명하다. 그러나 릴리가 나를 폐기하지 않은 것은 내가 인간이었기 때문이 아니다. 그것은 가능성의 문제였다. 릴리는 결국 나에게 태어날 가치가 없다는 낙인을 찍지 못했다. 그건 릴리 자신의 문제이기도 했기 때문이다.

바이오해커 디엔이 활동을 그만두고 완전히 잠적한 것은 그 무렵으로 추정된다.

그다음의 일은 아주 막연한 기록들로만 추측할 수 있을 뿐이다. 릴리는 기계 속에서 성장 중인 나를 냉동시켰다. 계획이 성공하기까지 오랜 시간이 필요하다고 판단했을 것이다. 릴리는 그 전까지의 배아 디자인 연구들을 모두 폐기했다. 그렇게 한다고 해서 이미 미국 전역에 퍼진 바이오해커들까지 어떻게 할 수는 없었지만, 적어도 그녀 자신이 만들어낸 연구 결과의 원본들은 모두 사라졌다. 릴리는 대신 새로운 유전자를 연구하기 시작했다.

그녀는 얼굴에 흉측한 얼룩을 가지고 태어나도, 질병이 있어도, 팔 하나가 없어도 불행하지 않은 세계를 찾아내고 싶었을 것이다. 바로 그런 세계를 나에게, 그녀 자신의 분신에게 주고 싶었을 것이다. 아름답고 뛰어난 지성을 가진 신인류가 아니라, 서로를 밟고 그 위에 서지 않는 신인류를 만들고 싶었을 것이다. 그런 아이들로만 구성된 세계를 만들고 싶었을 것이다.

지구 밖에 '마을'이 존재하는 것은 그녀의 연구가 성공했다는 증거이기도 하다.

내가 마을에 살았을 때, 나는 사람들이 나의 얼룩에 관해 무어라고 흉보는 것을 단 한 번도 느낀 적이 없다. 나는 나의 독특한 얼룩이 자랑스럽기까지 했다. 마을에서 사람들은 서로의 결점들을 신경 쓰지 않았다. 그래서 때로 어떤 결점들은 결점으로도 여겨지지 않았다.

마을에서 우리는 서로의 존재를 결코 배제하지 않았다.

* * *

이제 너도 알게 됐을 거야, 소피.

왜 책 속의 시초지와 우리의 마을은 이렇게나 다른지. 왜 우리는 모두 같은 기계 자궁에서 태어나는지. 이 행복의 근원은 어디에 있는지. 우리는 슬픔을 알지만 그럼에도 지속적인 갈등과 고통, 불행은 왜 항상 상상 속의 개념으로만 남아 있는지. 그런 질문들에 대한 답들을 말야.

하지만 여전히 내가 마을을 떠나는 이유는 아직 설명하지 않았어. 나는 올리브가 이 기록을 남겼을 때 마을에 돌아온 이후였는지가 궁금했어. 마을의 진실을 알아낸 올리브는 이곳에서 평생 마을을 돌보았을까? 내가 몇 시간에 걸쳐 올리브의 기록을 끝까지 들었을 때 문지기가 이렇게 말했어.

"올리브는 그 기록을 남긴 후 10년이 지나고 다시 지구로 갔다. 올리브는 지구에서 생을 마쳤어."

그건 또 하나의 놀라운 사실이었어. 올리브가 지구로 돌아갔다는 이야기는 한참이나 남아서 내 마음을 자꾸 건드렸어. 나는 올리브가 마을로 돌아온 이유를, 그리고 다시 지구로 내려간 이유를 상상했어. 내가 문지기에게 나름대로의 추측을 늘어놓았을 때, 문지기는 확답을 내려주지는 않았지만, "그럴듯한 이야기구나"라고 말해주었지.

그래서 쓰는 건데, 이제부터는 나의 가설이야. 올리브는 이 마을의 진실을 알아낸 다음 그다음에 태어날 우리들에게 한 가지 코드를 심은 걸지도 몰라. 그건 꼭 유전자 편집의 방법일 필요는 없었을 거야. 순례라는 의식을 통해, 교육과 문화의 전승을 통해서도 가능한 일이었으니까.

우리는 자라면서 바깥세계에 관한 호기심을 느끼게 되고 이 평화롭고 사랑스러운 마을 외부에서 어떤 일이 일어나는지를 알기를 갈망하게 돼. 순례를 기대하고 받아들이게 되지.

올리브는 그렇게 우리가 반드시 한 번은 이 세계를 떠나도록 만들었어.

아마 지구에서 그 모든 것을 보고, 우리가 무엇을 외면하는지, 우리가 우리만의 아름다운 마을에서 살아가는 동안 저 행성에서는 무슨 일이 일어나는지를 보고 오라는 의미였겠지.

순례를 통해 우리는 삶의 다면성을 배우지. 행복 이면의 불행. 계급과 구조. 삶이 본질적으로 갖는 씁쓸한 특성들까지 이해하게 됨으로써 우리는 삶의 모든 면을 알게 되지. 그렇게 생각하면, 올리브가 만든 순례의 관습은 우리를 정말로 성장하게 만든다는 점에서 탁월해 보이기까지 해.

그럼 이제 한 가지 질문만이 남았어.

정말로 지구가 그렇게 고통스러운 곳이라면, 우리가 그곳에서 배우고 오는 것이 삶의 불행한 이면이라면,

왜 떠난 순례자들은 돌아오지 않을까?

그들은 왜 지구에 남을까? 이 아름다운 마을을 떠나, 보호와 평화를 벗어나, 그렇게 끔찍하고 외롭고 쓸쓸한 풍경을 보고도, 여기가 아닌 그 세계를 선택할까?

올리브도 지구를 선택했지. 하지만 이건 우리가 단지 올리브의 후손이기 때문이라는 설명만으로는 완전하지 않아. 올리브의 기록에는 그에 관한 구체적인 언급은 없었어. 하지만 나는 어쩌면 올리브가 무언가 이후에 일어날 일들을 분명히 예상했다고 생각해. 왜냐하면…….

그래, 델피. 올리브가 평생 사랑했던 한 여자.

델피를 제외하면 올리브의 삶은 마저 설명되지 않아.

문지기는 나에게 올리브가 델피의 옆에 영원히 잠들었다고 알려주었어. 지구에 갈 거라면 그 무덤 앞에 꽃을 놓아달라고도 말했지. 마을에 돌아왔다가 지구에 다시 내려간 올리브가 어떤 삶을 살았는지에 관한 기록은 아주 적어. 하지만 문지기가 말해주었어. 그녀의 묘비는 보고타에 있는데, 이렇게 쓰여 있어.

'델피의 올리브. 분리주의에 맞서는 삶을 살다.

그녀의 사랑은 여기에 잠들고 결실은 후에 올 것이다.'

올리브는 델피와 함께 지구에 남았어. 그리고 델피를 따라 분리주의에 저항했지. 그녀의 어머니, 릴리가 지구에 남긴 흔적을 조금이라도 바꾸어보려고 애썼던 거야.

올리브가 우리에게 순례의 관습을 남겼지만, 거기에는 희생이 포함되어 있지 않아. 순례자들에게는 지구의 실상을 목격할 의무만이 있을 뿐, 그곳에 남아 세계에 맞설 의무는 없지. 하지만 그럼에도 상당수의 순례자들은 돌아오지 않아. 나는 아마 올리브가 이미 알고 있었다고 생각해. 강제하지 않아도 많은 순례자들은 지구에 남기를 선택할 것이라고.

소피. 우리가 왜 '서로' 사랑에 빠지지 않는지를 생각해본 적 있어? 인류의 역사를 배우며 그렇게 많은 과거의 사람들이 사랑하는 것을 보면서도, 우리는 이 마을에서 자란 이들이 서로 연인이 되지 않는 것을 이상하게 생각하지 않았지. 우리가 같은 자궁, 같은 마을에서 서로에게 어떤 낭만적 감정도 성애도 느끼지 못하는 것이 단지 우연이기만 할까?

지구에는 우리와 완전히 다른, 충격적으로 다른 존재들이 수없이 많겠지. 이제 나는 예상할 수 있어. 지구로 내려간 우리는 그 수많은 다른 존재들에 충격을 받겠지. 우리 중 많은 이들은 누군가와 사랑에 빠질 거야. 그리고 우리는 곧 알게 되겠지. 바로 그 사랑하는 존재가 맞서는 세계를. 그 세계가 얼마나 고통과 비탄으로 가득 차 있는지를. 사랑하는 이들이 억압받는 진실을.

올리브는 사랑이 그 사람과 함께 세계에 맞서는 일이기도 하다는 것을 알고 있었던 거야.

이 모든 이야기들을 믿을 수 있어?

진실을 알아내고 나서부터 나는 매일 밤을 새워 지구를, 순례자들의 생애를 상상했어.

순례자들은 누구를 사랑했을까? 그들은 남미에, 서부 미국에, 인도에, 모두 흩어져서 살겠지. 그들은 아주 다채로운 모습으로 여러 방식의 삶을 살겠지. 하지만 그들이 어떤 모습이건 순례자들은 그들에게서 단 하나의, 사랑할 수밖에 없는 무언가를 찾아냈겠지.

그리고 그들이 맞서는 세계를 보겠지. 우리의 원죄. 우리를 너무 사랑했던 릴리가 만든 또 다른 세계. 가장 아름다운 마을과 가장 비참한 시초지의 간극. 그 세계를 바꾸지 않는다면 누군가와 함께 완전한 행복을 찾을 수도 없으리라는 사실을 순례자들은 알게 되겠지.

지구에 남는 이유는 단 한 사람으로 충분했을 거야.

편지를 쓰는 지금도 나는 계속 생각해. 우리 이전의 순례자들은 지구를 조금이라도 바꾸어놓았을까? 그곳은 올리브가 갔던 수백 년 전만큼이나 여전히 비탄과 고통으로 가득 차 있을까? 분명 세계 곳곳에는 순례자들의 흔적이 남아 있을 테고, 그들은, 릴리와 올리브의 후손들은 세계를 바꾸기 위해 무엇을 했을까…… 궁금해서 견딜 수가 없었지.

소피. 마지막으로 한 가지 말할 것이 남았어. 내가 처음으로 마을에 대해 의문을 품게 되었던 계기, 그 오두막 뒤에 있던 귀환자 말야. 정해진 성년식보다 조금 더 빨리 지구에 가기로 결심했을 때 나는 그 남자에게 몰래 찾아가 물었어. 혹시 지구에서 무슨 일이 있었던 거냐고.

그는 슬픈 진실을 말해주었지. 지구에서 그가 사랑했던 사람과 그의 쓸쓸한 죽음에 관해. 그가 남겼던, 행복해지라는 유언에 관해.

나는 말했어. 당신의 마지막 연인을 위해 당신이 할 수 있는 일이 있지 않겠냐고. 나는 그에게 지구로 다시 함께 가겠냐고 물었어.

떠나겠다고 대답할 때 그는 내가 보았던 그의 수많은 불행의 얼굴들 중 가장 나은 미소를 짓고 있었지.

그때 나는 알았어.

우리는 그곳에서 괴로울 거야.

하지만 그보다 많이 행복할 거야.

소피, 이제 내가 먼저 떠나는 이유를 이해해줄 거라고 믿어.

그럼 언젠가 지구에서 만나자.

그날을 고대하며,

데이지가.

프레스톨라티오의 악몽

김주영

밤이 오면 자주 프레스톨라티오의 악몽들이 찾아온다. 현실이 아님을 알지만 도망칠 길은 없다. 몸이 깨어나기 전까지 의식은 꼼짝없이 꿈을 강제로 겪어내야 한다. 지금 눈앞에는 내가 가진 프레스톨라티오의 악몽 중에서 가장 끔찍한 것이 펼쳐지고 있다.

무릎을 세우고 웅크린 채로 구석에 앉은 여자를 본다. 보고 싶지 않아, 라고 생각해봐도 소용없다. 나의 등장을 알아차린 여자가 흠칫 놀라며 고개를 든다. 겁에 질려서 물러서려고 하지만 등뒤는 차가운 벽이다. 그래도 여자는 계속 뒤로 물러나며 벽에 몸을 바짝 붙인다. 시야는 어두침침하고 주위는 온통 차가운 시멘트 빛깔이다.

'내'가 한 걸음 내디딘다. 여자는 더욱 바짝 벽에 등을 붙이며 숨을 몰아쉰다. 팽팽한 긴장이 거대한 풍선처럼 부풀어 오르며 공간을 가득 채운다. 다시 한 걸음 내디딘다. 여자는 와들와들 떨면서도 내게서 시선을 떼지 않는다.

일주일 전에 보았을 때보다 여윈 것 같다. 여기로 끌려온 지는 아마도 열흘. 어쩌면 더 오래전일 수도 있다. 꿈에서는 시간 순서가 뒤섞여서 어느 장면이 선행하는지 구분하기가 힘들다. 몇 가지 단서로 간신히 추측해볼 뿐이다.

여기에서 지내는 동안 여자의 왼쪽 검지와 가운뎃손가락은 두 마디가 잘려나갔고, 하얀 피부는 검붉은 멍으로 뒤덮였다. 억지로 생니를 뽑힌 후로 퉁퉁 부었던 뺨의 붓기는 아직도 완전히 가라앉지 않았다.

여자가 시선을 붙박는 '내' 오른손을 내려다본다. 작은 펜치가 들려 있다. 이것의 의미를 깨달은 여자의 떨림이 점점 더 심해진다.

한 걸음, 다시 한 걸음.

천천히 걸어가서 여자의 하얀 손을 왼손으로 조심스럽게 들어 올린다. 여자가 더욱 격하게 떨면서 물고기처럼 소리 없이 입술을 뻐끔거린다. 여자의 손을 꽉 움켜쥐고 펜치를 천천히 손가락으로 가져간다. 여자가 온몸을 비틀며 물 위로 나온 물고기처럼 파드득거린다.

여자의 얼굴을 들여다본다. 고통으로 일그러진 얼굴이 뒤로 젖혀지며 입술이 벌어진다. 입속은 온통 검은색이다. 비명은 들리지 않는다. 이 악몽에는 오로지 시각과 관련된 통신자만이 관여한다.

'나'의 몸이 가볍게 흔들린다. '내'가 웃고 있음을 느낀다. 꿈은 아직도 끝나지 않는다. 그러나 밤에는 끝이 있고, 희뿌옇게 새벽이 밝아오면 끔찍한 꿈도 막을 내리게 되어 있다. 그 사실을 주문처럼 되뇌고, 또 되뇌면서 악몽을 버텨냈다.

아침에 깨었을 때는 온몸이 땀으로 젖어 있었다. 악몽이 끝나고 깨어났음에 안도한 순간, 왼쪽 가슴 부근에 찌릿한 통증이 느껴지면서 숨이 막혀왔다. 가슴을 움켜잡고 숨을 몰아쉬려고 애썼다. 억지로 숨을 들이쉬는 동안 목구멍에 작은 구멍이 난 것처럼 산소가 조금씩 들어오다가 이윽고 숨 쉬기가 한결 편해졌다. 죽음의 문턱에서 겨우 살아남은 기분이었다. 계속 반복되는 일에는 익숙해지기 마련이라지만, 이 악몽에는 결코 적응할 수 없었다.

악몽은 열여섯 살이 되던 가을에 처음 시작되었다. 꿈에서

'내'가 죽인 것은 길고양이였다. 그것을 시작으로 고양이나 개를 잔인하게 죽이는 꿈을 꾸었다. 죽이는 방법은 점점 더 잔혹해졌고, 결국 열아홉 살 되던 해에 처음으로 사람을 죽였다.

처음에는 반복적으로 꾸는 단순 악몽이 아닐까 의심했다. 하지만 악몽은 내가 알아차릴 정도로 연속적이었고, 뚜렷한 연속성은 통신자가 관여하는 꿈의 특징이었다. 악몽 속에서 여자를 고문하는 그 미치광이와 나는 한 쌍의 시각 통신자를 하나씩 나누어 갖고 있었다.

이 악몽은 끔찍하고도 은밀한 비밀이었다. 시간이 지나면 괜찮아지리라 생각했지만, 20여 년이 지난 지금까지도 사람을 고문하고 살해하는 꿈은 계속 이어졌다. 이러다가는 머리가 어떻게 되어버릴 것 같았다. 이제는 통신자로 인해 시작된 이 악몽을 누군가에게 털어놓고 도움을 청하지 않으면 안 된다.

유일하게 마음을 터놓고 지내는 남요가 떠올랐다. 그 친구에게라면 이 악몽 내용을 솔직히 말할 수 있을 것 같았다. 하지만 그는 지금 고물 여객선을 끌고 항해하고 있었다. 사적인 통신은 우주정거장 마린으로 돌아오는 일주일 후에야 가능했다.

그가 마린으로 복귀하기를 기다리는 동안 회사는 정신없이 돌아갔다. 우리 회사는 지구와 화성 사이에 오가는 화물을 취급하는 대규모 운송 업체다. 화성의 테라포밍이 시작되던 시기에는 엄청난 돈을 벌어들였지만, 지금은 상황이 별로 좋지 않았다. 특히 이번 달에는 화물 선적 예약을 취소하는 기업이 줄줄이 생기는 바람에 비상이었다. 어떻게든 적자를 줄이려고 전 직원이 이리저리 뛰어다니고 있었다. 그 덕분에 초조할 틈도 없이 일주일이 쏜살같이 흘러갔다.

마침내 마린으로 돌아온 남요와 연락이 닿은 나는 기다렸다는 듯이 악몽 이야기를 털어놓았다. 화상 전화 속의 남요는 얼음이 담긴 위스키를 홀짝거리면서 말없이 내 이야기를 들어주었다.

"그렇게 괴로우면 중매사를 찾아가보는 것이 어때?"

남요는 통신자 때문에 괴로운 일이 생겨서 중매사를 찾아간 적이 있는데 꽤 도움이 되었다고 했다. 자세히 알고 싶어서 캐물었지만, 그는 말을 할 듯 말 듯하다가 중매사에게 가서 물어보라고 했다.

"성질은 괴팍한데 꽤 용해."

중매사의 명함을 전송해주면서 남요가 강조했다.

그러나 나는 중매사를 찾아가지 않았다. 궁지에 몰린 사람들이 지푸라기라도 잡는 심정으로 찾아가는 곳이 중매사의 집이다. 중매사는 사람들의 절박함을 이용해서 돈을 벌어들이는 사기꾼인 데다 불법적인 약물까지 취급했다. 저장된 명함을 볼 때마다 은근한 유혹이 찾아왔지만, 사기꾼을 찾아가는 것보다 더 나은 방법이 있을 것이라고 자신을 타일렀다. 그사이에도 악몽은 계속 진행되었고, 명함을 꺼내 들여다보는 횟수가 늘어갔다.

'그자'는 어제 여자의 남은 손톱 중 마지막 것을 뽑았다. 아니, 정확히 어제 벌어진 일이라고는 할 수 없다. 꿈으로는 감각 정보를 실시간 공유할 수 없었다. 꿈에서 경험하는 정보는 통신자가 보내주는 생방송을 녹화했다가 내보내는 재방송이나 마찬가지였다. 언제 마지막 손톱을 뽑았든 간에 이제는 여자를 해체해서 처리하는 일만이 남았다. 또다시 그 과정을 강제로 지켜봐야 한다고 생각하니 끔찍해서 잠이 오지 않았다.

그자가 마지막 단계를 남기고 새로운 희생자를 물색하는 동안 회사의 상황은 더 나빠졌다. 테라포밍 프로젝트가 막바지에 접어들면서 화성에 건설된 공장이 차례차례 가동되고 있었다. 그와 함께 지구에서 직접 수송해야 하는 대형 화물량이 극적으로 줄어들기 시작했다. 회사에서는 화물 운송료를 20퍼센트나 할인해주는 행사까지 벌였지만, 기업의 반응은 시큰둥했다. 엄청난 할인율을 제시하며 열심히 설득하는 나를 앞에 둔 거래처 담당자는 그냥 벽 같았다. 마음이 급해져서 다음 달 보낼 화물을 미리 이번 달에 예약한다면 추가로 5퍼센트 더 할인해주겠다는 최후의 제안을 남기고 일어섰다. 담당자는 배웅도 해주지 않았다.

빌딩 밖 거리를 힘없이 걸어가는 동안 갑자기 악몽이 의식 속으로 침습해왔다. 그자가 희생자를 물색하던 거리도 이곳과 비슷했다. 비슷한 풍경에 소스라치게 놀라면서 진땀이 이마에서 배어났다. 여기 어딘가에 그자가 서서 다음 희생자를 고르고 있을 것만 같았다. 갑자기 온몸이 긴장되면서 뻣뻣해졌다. 악몽을 꾸고 일어난 직후처럼 가슴이 답답해지면서 숨구멍이 막힌 듯이 호흡하기가 힘들었다. 억지로 마른침을 꿀꺽 삼키는 순간, 현실감과 함께 감각이 아득하게 멀어지면서 꿈이 찾아왔다. 눈앞에 중첩된 풍경이 펼쳐지기 시작했다. 이럴 리가 없었다. 지금은 의식이 깨어 있는 한낮이다. 그자의 감각은 차단되는 것이 정상이다.

마르고 얼굴이 긴 여자가 희미한 유령처럼 지나갔다. 중첩된 시각 정보다. 나의 현실에서는 실체로 감각되지 않아야 하는, '그자'의 현실이다. 앞을 바라보고 있는 나의 시선이 뒤에 있는 여자를 보고 있다. 꿈에서 본 적이 있는 여자였다. 그자가 선택한 다음 희생자다.

질끈 눈을 감았다. 나의 시각 정보가 사라지자 중첩 현상이 사라지고 그자가 바라보는 풍경만이 남았다. 감각을 죽인 상태로 껍데기만 남은 방관자처럼 서서 그자의 현실이 사라지기만을 기다렸다.

아른거리던 그자의 현실은 한참이 흐른 뒤에야 사라졌다. 그것을 깨닫는 순간 다리에 힘이 풀리면서 자리에 주저앉고 말았다. 지나가는 사람들의 시선을 느끼면서 숨을 몰아쉬었다. 이마에 와 닿는 가을바람은 서늘했지만, 온몸이 땀에 젖어 있었다.

비틀거리며 일어서서 주변을 둘러보았다. 이대로는 안 된다. 어떻게든 이 악몽을 끝내지 않으면……. 들여다보기만 하던 중매사의 명함을 불러냈다.

중매사들이 모여 있는 골목은 음산하고 어두웠다. 금방이라도 허물어질 듯한 허름하고 낡은 단층 건물이 좁은 골목 안으로 낮은 지붕을 맞대며 이어졌다. 간판들은 규격이 들쭉날쭉했고, 통일성 없는 바탕색 위에 촌스러운 글씨체를 드러내고 있었다.

남요가 보내준 명함에 적힌 이름은 금세 찾을 수 있었다. '중매사 이소윤'이라고 붉은 글씨로 적힌 간판이 바로 골목 안쪽에 보였다. 화려하지도 않고, 광고 문구도 없이 이름만 적힌 간판에서 묘한 자신감이 느껴졌다.

정말 이 중매사를 찾아가면 악몽을 해결할 수 있을까. 골목 안으로 들어가 중매사의 집 앞으로 슬쩍 가보았다. 낡은 미닫이문은 언제 청소를 했는지 지저분한 얼룩으로 뒤덮여 있었다. 앞에 내놓은 화분에 심긴 화초는 오래전에 바짝 말라 죽어버린 듯했다.

들어가고 싶은 기분이 요만큼도 들지 않아서 망설이다가 돌아서려는 순간 문이 드르륵 열리더니 머리가 희끗희끗한 여자가 나타났다. 깡마른 얼굴이 예민해 보였다. 금속제 안경테 너머로 빛나는 눈빛은 소름이 끼칠 정도로 차갑고 날카로웠다. 여자가 나를 아래위로 훑어보는 바람에 등골이 오싹해졌다.

"이제야 오셨네."

기다렸다는 말투였다. 당황하는 나를 보며 들어오라는 듯이 여자가 문 옆으로 비켜섰다.

집으로 들어서자 벽에 어지럽게 붙은 종이들이 눈에 띄었다. 종이에는 거리와 건물, 단순한 형상으로 표현된 사람이 그려져 있었다. 그림 옆에 적힌 숫자나 복잡하게 그어진 직선이 아니었다면 연습 삼아 취미로 그린 그림이라고 여겼을 것이다.

좁은 거실에 놓인 탁자에는 중고등학생으로 보이는 아이들이 앉아서 나를 호기심 어린 눈으로 지켜보고 있었다. 여자는 무심히 걸어서 창가에 놓인 책상으로 다가가더니 나더러 책상 앞에 놓인 의자에 앉으라는 손짓을 했다. 그와 동시에 학생들이 여자에게 인사를 건네고 우르르 나가버렸다.

"과외라도 하십니까?"

학생들을 힐끔 쳐다보면서 물었다.

"손님이에요."

분명 통신자로 연결된 운명의 인연을 찾아준다는 사기 같은 중매사 광고를 보고 찾아온 학생들일 것이다. 학창 시절에 남요와 함께 중매사를 찾아갔던 일이 떠올랐다. 한 쌍의 통신자가 운명적인 우주의 인연을 의미한다고 믿던 시절이었다. 그 시절은 통신자의 발견과 함께 등장한 중매사의 짧은 전성기이기도 했다. 얼마 후, 한 사람이 무수히 많은 통신자를 가진다는 사실이 밝혀지면서 나와 운명적으로 한 쌍을 이루는 사람이 유일하다는 낭만적인 가정은 끝났다. 여전히 우리는 무수한 사람들과 얽혀 있고, 운명적인 인연은 우주가 아닌 스스로가 의미를 부여한 맺음이었다.

폭발적으로 숫자가 증가했던 중매사는 그때부터 몰락해갔다. 지금 중매사를 찾는 사람들은 절박한 사연을 품고 있었다. 대부분은 우주에서 길을 잃은 우주선에 탑승한 선원들의 가족이다. 중매사들은 통신자가 관여하는 꿈의 방대한 데이터베이스를 구축해서 공유하고 있었다. 그들은 그것을 분석해서 우주에서 실종된 사람들과 통신자로 맺어진 사람들을 찾아냈다. 가족들은 그 사람들을 통해 실종된 가족이 살아 있는지, 어떤 상태인지 소식을 얻었다. 때로는 광막한 우주 저편에서 영원히 돌아올 수 없는 우주인들이 통신자로 맺어진 사람들을 통해 그들 가족에게 마지막 인사를 남기기도 했다. 그래서 중매사의 집은 사람들이 우주로 떠나고 돌아오는 기지 근처에 밀집해 있었다.

"프레스톨라티오의 악몽 때문에 왔습니다."

책상 앞에 앉아 나를 물끄러미 바라보는 중매사, 이소윤에게 말을 꺼냈다.

"남요 함장님에게서 들었어요."

책상 밑에서 작은 상자를 꺼내면서 중매사가 말했다.

"내가 당신을 찾아줬다는 말은 안 하던가요?"

도무지 모를 이야기였다. 소윤은 귀찮다는 기색으로 설명을 시작했다.

"아침마다 고통을 느끼며 깨어나는데 병원에서는 이유를 못 찾는다고 찾아왔더군요. 데이터를 한 달간 샅샅이 뒤진 끝에 간신히 연속적인 관계선이 나왔어요. 손님과 통신자로 맺어져 있더군요. 독특하게도 통각을 교신하는 경우죠. 두 분이 친구라면서 통신자로 맺어진 것도 몰랐나 보죠?"

남요와 내가 통신자로? 그렇게 중요한 이야기를 해주지 않았다니 남요다웠다. 나 때문에 끔찍한 증상과 고통을 겪고 있다고 직접 말하기가 미안했음이 분명했다. 그답지 않게 중매사를 찾아가라고 강조하는 이유를 한 번쯤 생각해봤어야 했다.

"데이터를 분석하는 것만으로 나를 찾아냈다고요?"

중매사는 약간 짜증스러운 기색으로 한숨을 쉬더니 한심하다는 눈빛으로 나를 바라보았다.

"두 사람을 연결하며 쌍을 이루는 통신자를 선으로 연결해보면 다양한 감각과 여러 수준으로 전 인류가 연결되어 있어요. 정보를 제대로 분석해서 그 선을 연속적으로 이어가면 누구든 찾아낼 수 있죠. 중매사의 능력에 달린 일이긴 하지만."

중매사가 책상 위의 상자를 내 앞으로 내밀었다.

"안에 뉴로니카가 들어 있어요. 뇌파와 생체반응을 기록하는 도구예요. 사용법은 안에 들어 있는 설명서에 적혀 있어요. 평상시에도 계속 착용하면 좋겠지만, 그것이 어려우면 자는 동안에는 꼭 착용하도록 하세요. 일주일 뒤에 오시고."

"아직 치료받겠다는 말은 안 했어요."

중매사가 비웃듯 콧소리를 내더니 물었다.

"악몽을 끝내고 싶어 온 거 아닌가요?"

그자는 여자를 죽였다. 숨이 끊어진 뒤에도 여자를 찌르고 난도질했고, 사체는 갈가리 찢어 고깃덩어리로 만들었다. 냉동실에 보관된 그 고깃덩어리를 그자는 끼니때마다 먹어치웠다. 그런데 여자의 죽음은 아무도 알지 못했다. 도시의 많은 죽음이 그런 것처럼 여자의 존재와 죽음은 잊혔고 오로지 나만이 그녀를 기억했다. 괴로웠다.

꾸역꾸역 여자들을 먹어치워온 그자는 다시 사냥 준비를 하고 있었다. 사냥감을 쫓듯이 조용히 움직이는 그에게 뒤를 밟히는 여자들을 꿈에서 보았다. 몇 번이나 반복되어온 일이었다. 또다시 한 사람이 선택되고 이유조차 모른 채로 끔찍하게 살해되는 광경을, 겁에 질리는 그녀의 모습을, 그녀가 느끼는 공포와 두려움을 나는 다시 그저 방관하면서 무기력하게 지켜보아야 했다. 그 사실에 가슴이 갑갑해져서 어떤 때는 숨을 쉬기가 힘들었다. 괴로움을 잊어보려고 술을 마시다가 오히려 더 괴로워져서 한없이 울어버리기도 했다. 이 악몽을 더 지켜보지 않을 수만 있다면 뭐든 할 것 같았다.

일주일 만에 두 번째로 만난 중매사 이소윤은 뉴로니카를 받아 들더니 나를 작업실로 데려갔다. 작업실이라고 해봐야 뉴로니카의 기록을 감각 정보로 변환해주는 장치와 모니터, 책상이 전부였다. 병원 의사처럼 모니터를 보며 친절히 설명해줄 것을 기대했지만, 중매사는 혼자서 기계를 조작하기만 했다.

"저……."

한참을 기다리다가 참다못해 말을 걸었다. 중매사는 귀찮음과 짜증이 묻어 있는 얼굴로 힐끔 내 쪽을 보더니 기다리라고 퉁명스럽게 내뱉었다.

중매사는 그로부터 한 시간쯤 더 말없이 작업했다. 몇 번 더 말을 걸었지만 중매사의 짜증이 점점 심해지는 바람에 그냥 포기하고 묵묵히 기다렸다. 중매사는 내가 이만 돌아가려고 마음먹을 때쯤에 작업을 마치고 내 앞에 놓인 책상 뒤에 앉았다.

중매사의 표정은 여전히 내 일뿐 아니라 세상 모든 일이 성가시고 못마땅한 듯 괴팍해 보였다. 계속 남들의 은밀하고 끔찍한 일을 들여다보며 일해서 그런지도 몰랐다.

"제가 꾸는 프레스톨라티오의 악몽을 보셨습니까?"

유심히 표정을 살피며 물었다. 중매사는 찡그린 얼굴을 한층 더 찡그렸다.

"프레스톨라티오의 악몽이 아니에요. 그냥 통신자로 인한 악몽이지."

한심스럽게 바라보며 무시하는 중매사와 눈이 마주쳤다.

"그럴 리가 없습니다. 악몽은 뚜렷한 연속성을 가지고 있어요. 그리고……."

중매사가 그만두라는 듯이 손을 흔드는 바람에 말을 멈췄다.

"요즘은 통신자로 인한 끔찍한 악몽을 죄다 프레스톨라티오의 악몽이라고 부르지만, 진짜 프레스톨라티오의 악몽에는 프레스톨라티오가 등장해요. 그 참혹한 행성 말이에요. 내가 진짜 프레스톨라티오의 악몽을 꾸는 사람 중 하나예요."

군인이었던 적이 있어요, 라고 중매사가 말을 이었다.

"서아프리카에서 발생한 내전을 진압하는 작전에 참여했어요. 칼로, 총으로, 폭탄으로 매일 사람을 죽이는 날이 이어졌어요. 작전이 끝난 후에 일상으로 돌아왔지만, 꿈속에서는 계속 그날이 이어지더군요. 처음에는 외상 후 스트레스 장애로 나타난 악몽인 줄 알았죠. 그런데 중매사를 찾아갔다가 알게 되었어요. 꿈이 아니라 프레스톨라티오에서 진짜 벌어지고 있는 일이라는 것을요."

무슨 뜻인지 물으려는 찰나, 전에 봤던 학생들이 바깥에서 우르르 들어왔다. 중매사는 일주일 뒤에 다시 오라며 뉴로니카를 돌려준 후에 학생들이 모인 작업실로 가버렸다.

한 시간 넘게 기다린 대가가 고작 이것이라니 허탈하기 짝이 없었지만, 칼자루를 쥔 쪽은 중매사였다. 무시당한 기분을 꾹 참고 집으로 돌아와서 잠들기 전에 프레스톨라티오의 악몽에 관한 자료를 찾아 읽어보았다.

프레스톨라티오는 200년 전, 여러 개의 엑소플라넷 중에 처음으로 거주 가능 지역으로 판단된 행성 이름이다. 우주 항행 기술을 보유한 거의 모든 국가가 독자적으로 혹은 연합해서 프레스톨라티오로 우주선을 띄웠다. 목적은 국가의 영토 확보와 테라포밍. 험난한 20여 년간의 항해 끝에 도착한 프레스톨라티오는 예상과 달리 산소가 극히 부족한 척박한 행성이었고, 시간이 흐르면서 선원들은 생존 문제에 직면했다. 식량과 자원을 차지하기 위해 벌인 쟁탈전은 곧 전쟁으로 확대되었다. 격렬한 전쟁 끝에 지구와의 교신이 끊어지면서 프레스톨라티오에 도착한 1,000명가량의 지구인은 모두 전멸한 것으로 공식 확인되었다. 그들과 통신자로 맺어진 사람들이 참혹하고 끔찍한 경험을 생생히 체험했던 꿈이 프레스톨라티오의 악몽. 이후로는 통신자로 인한 악몽 자체를 가리키는 말로 널리 사용되기 시작했다.

프레스톨라티오로 파견된 자들이 겪은 참혹한 고통과 죽음은 얼마 가지 않아 잊혔다. 그들 중 내가 아는 이름은 단 하나도 없었다. 내 악몽에 등장하는 여자들의 이름을 모르는 것처럼.

그날 밤에도 나는 그자가 어느 여자를 뒤따라가는 꿈을 꾸었다. 아직도 그는 누구를 다음 먹잇감으로 삼을지 결정하지 못했다. 눈여겨보는 여자가 매일 밤 연이어 등장하는가 하면, 다시 낯선 여자를 쫓아갔다. 악몽이 끝난 후에는 낯선 행성의 황량한 풍경이 펼쳐졌다. 척박한 황무지가 저 지평선까지 계속 이어지고 있었다. 오랜만에 꾸는 평온하고도 평범한 꿈이었다.

세 번째 만남이 되어서야 중매사는 약간 친절해졌다. 뉴로니카 데이터 전송과 분석 작업을 하면서 질문을 받아주기도 하고, 물어보지 않은 것들을 설명해주기도 했다. 중매사는 그자를 찾아낼 수 있을 거라고 확신했다.

"몇 가지 왜곡된 정보만 보정하면 가능해요. 아시겠지만, 꿈은 편집된 재방송이나 마찬가지여서 여러 정보가 생략되기도 하고 왜곡되죠. 급할 때는 통신자 활성제를 사용해서 뇌의 현실 적응 기능을 차단하는 방법도 있어요. 그러면 의식이 있는 상태에서 그자의 시각 정보를 실시간으로 공유하게 되니까 왜곡 없는 확실한 정보를 얻을 수 있겠죠. 생방송을 보는 것처럼."

그자를 찾아낸다고? 그런 위험한 짓을 왜?

알 수 없어져서 물끄러미 중매사를 바라보았다. 말을 이어가던 중매사가 내 표정을 보더니 말을 멈췄다. 무엇 때문에 내가 떨떠름한 표정을 짓는지 추측해보는 얼굴이었다.

"희생자를 구하고 범인을 감옥에 보내는 것으로 악몽을 끝내고 싶은 것 아니었나요?"

중매사가 인상을 찌푸렸다.

"악몽만 의식하지 않게 해주시면 됩니다."

의식이 악몽을 자각하지 못하도록 하는 약물이 있다고 들었다. 부작용이 많고 아직은 임상 단계여서 병원에서는 중증 환자에게 실험적으로 처치하는 약물이다. 그런데 중매사들을 통해 유사한 약물을 처방받을 수 있었다. 물론 불법이었다.

"시냅스 교란제 말이군요. 통신자의 교신 정보가 의식 속으로 떠오르는 것을 억제해주긴 하죠."

중매사의 말투는 냉소적이었다.

"죽어가는 프레스톨라티오의 생존자들을 잊으려고 수많은 사람이 그 약에 의존했었던 것을 알아요? 그렇게나 많은 사람이 생존자들과 통신자로 맺어져 있었는데, 끝까지 지켜본 사람은 몇 명 되지 않아요. 프레스톨라티오의 사람들은 너무 외롭게 죽어갔어요."

중매사의 얼굴에 처음으로 인간적인 표정이 떠올랐다. 쓸쓸해 보이는 중매사를 보면서 문득 프레스톨라티오의 악몽을 꾼다던 말이 떠올랐다. 그런데 가능한 일이 아니었다. 벌써 200년이 지난 일이었다. 죽은 자들과 통신하는 것이 아니라면 많아봐야 50대 초반으로 보이는 그녀가 프레스톨라티오의 악몽을 꿀 수는 없었다. 내가 뭔가를 착각했거나 잘못 이해했음이 분명했다.

"처방이 가능합니까?"

단도직입적으로 물었다. 중매사가 예의 그 짜증 섞인 얼굴이 되었다.

"시냅스 교란제에는 부작용이 있어요. 유전자 변이를 일으키죠."

중매사는 프레스톨라티오의 생존자를 잊으려고 시냅스 교란제를 장기 복용했던 사람의 자손들이 낮은 통신자 민감성을 가지고 태어난다고 했다. 낮은 통신자 민감성을 가지고 있으면 강렬하고 끔찍해서 자극적인 정보만이 꿈으로 의식 속에 떠오른다. 중매사는 나도 그 자손 중 하나라고 했다. 어릴 때부터 통신자로 인한 끔찍한 악몽을 주로 보았던 이유를 그제야 알게 되었다.

"유전자 변이가 심해질 수도 있으니, 더 큰 고통을 자손에게 물려주지 않으려면 다시 생각해봐야 해요. 게다가 부작용에 비해 약물 효과는 일시적이에요. 짧으면 1년, 길어도 3년을 넘지 않아요."

시냅스 교란제를 먹겠다는 내 선택이 마음에 들지 않는 얼굴이었다.

"상관없습니다."

잘라 말하는 내게 중매사는 복제약 처방전을 써주었다. 불법으로 유통되는 약이기 때문에 보험은 당연히 적용되지 않고, 가격은 터무니없이 비쌌다. 한 달 치 약값으로 월급 반이 날아갔지만, 그 악몽만 꾸지 않는다면 그보다 더한 비용도 치를 각오가 되어 있었다. 처음부터 약물치료가 가능하다고 알려줬다면 시간을 낭비하지 않았을 것이다. 하지만 더는 악몽을 꾸지 않을 거라는 사실이 다행스러워서 굳이 따지지는 않았다.

중매사의 집을 나선 후에 복제약을 은밀히 파는 약국으로 향하는 동안 몇몇 여학생이 곁을 스쳐 지나갔다. 중매사의 집에서 본 학생들 같아서 걸음을 멈추고 뒤돌아보았다. 중매사는 그 학생들이 프레스톨라티오에서 태어난 아이들과 통신자로 맺어졌다고 했다. 그래서 프레스톨라티오의 악몽을 함께 견디기 위해 중매사의 집에 모인다는 것이다. 믿기 힘든 이야기였다. 순진한 학생들이 프레스톨라티오 운운하는 중매사의 그럴싸한 헛소리에 넘어간 것은 아닌지 걱정스러웠다.

눈을 마주친 긴 머리 여학생이 나를 알아보고 밝게 웃었다. 그 순간, 이상한 느낌이 들면서 등골이 서늘해졌다. 무엇 때문일까. 정체를 알 수 없는 오싹한 기운이 엄습해오는 바람에 겁에 질린 채로 주변을 둘러보았다. 소녀들이 벗어난 좁은 골목을 바람이 휩쓸면서 먼지를 일으키고 있었다. 색색으로 칠해진 중매사의 집 간판들이 어두침침한 골목과 어우러지며 오늘따라 더 음산한 분위기를 풍겼다. 갑자기 겁이 나서 서둘러 골목을 벗어났다.

시냅스 교란제의 효과는 즉각적이었다. 복용한 그날부터 푹 잠들었고 꿈을 전혀 꾸지 않았다. 정확히 말하자면 꿈을 의식하지 못했다. 컨디션이 좋아지면서 자연히 일의 능률도 올랐다. 하지만 회사 상황은 전혀 개선되지 않았다. 화물 운송료 할인율을 더 높여도 기업의 반응은 냉담하기만 했다. 이번 달 말일에 화성으로 떠나는 화물선의 적재량이 60퍼센트에 불과할 것임은 기정사실이었다.

"암울하군."

남요가 모니터 속에서 살짝 인상을 찌푸렸다. 우리 회사 상황을 말하는 것인지, 그가 처한 상황을 말하는 것인지 헷갈렸다. 남요는 한때 최고의 항해사로 불리며 우주의 많은 항로를 개척했지만, 개인 여객선을 운영하면서부터 내리막길을 걸었다. 신형 여객선이 늘어나는 추세여서 그의 낡은 여객선에는 오래전부터 손님이 모이지 않았다. 이대로라면 지난번 항해가 마지막이 될 것 같았다.

상황이 점점 나빠지면서 남요는 지구로 귀환하는 것까지 고려하고 있었다. 광활한 우주와 모험을 끔찍이도 좋아하는 그는 지구로 돌아가는 상상을 할 때마다 지구의 중력이 위를 잡아당기는 기분이 든다고 했다. 둔하기 짝이 없는 그는 내가 악몽을 꿀 때마다 함께 겪었던 고통 역시 스트레스 때문인 줄 알았다고 했다.

"이렇게 쉽게 나을 줄 알았다면 진즉에 중매사를 찾아가라고 할 걸 그랬어."

피식 웃은 그가 어떤 처치를 받았느냐고 물었다. 약물을 처방받았다는 대답을 듣자 그는 눈을 가늘게 뜨며 나를 걱정스럽게 바라보았다.

"약물은 뭐든 조심해야 해. 중매사는 중매사야. 그들을 완전히 믿어서는 안 돼. 유령과도 통신한다고 주장하는 사람들이니까."

"유령?"

"프레스톨라티오의 거주민들 말이야. 몰랐어?"

프레스톨라티오의 악몽을 꾼다던 중매사의 말이 떠올랐다. 잘못 들었다고 생각했는데, 그게 아니었던 모양이었다.

"이소윤 중매사가 용하긴 하지만, 그 얼토당토않은 이야기를 믿어. 프레스톨라티오로 나갔던 1세대는 모두 죽고 다음 세대들이 100여 명 남아 있다는 괴담 말이야. 심지어 그들은 살아남기 위해 먹을 목적으로 아이를 낳아 기른다고 하더군. 오싹하고 소름 끼치는 이야기를 듣고 싶으면 이소윤에게 인간농장 이야기를 해달라고 해봐."

내가 훨씬 오싹하고 소름 끼치는 일을 거의 평생 지켜봤음을 남요는 염두에 두지 않는 것 같았다.

"진짜 생존자가 있을 가능성은 전혀 없어?"

남요는 애매한 얼굴로 머리를 긁적였다.

교신은 오래전에 두절되었고, 항로는 막혔다. 프레스톨라티오로 파견된 모든 사람에게 사망 선고가 내려졌고 지구에서는 대규모 합동 장례식이 치러졌다.

"그런데도 중매사들은 프레스톨라티오에 가고 싶어 해. 평생 벌어봐야 겨우 달까지 가는 왕복 티켓 정도나 살 수 있을 주제에."

사이비 종교주의자 같은 중매사를 비웃는 듯한 충고였지만,

생존자가 있을 가능성을 전혀 무시하지는 않는 눈치였다. 남요는 통화를 끝내는 순간까지도 중매사가 권하는 약물을 조심하라고 강조했다. 부작용 때문에 끔찍한 일이 생길 수도 있다고 했다. 그 끔찍한 일은 전혀 예기치 못한 방식으로 일어났다.

시냅스 교란제를 먹기 시작한 날로부터 일주일가량이 지났을 때, 갑자기 중매사인 이소윤에게서 전화가 걸려왔다.

"중첩현상을 겪은 적이 있어요?"

전화를 받자마자 중매사가 다짜고짜 물었다. 영문도 모른 채 그렇다고 대답했다. 잠시 불길하게 느껴지는 침묵이 흘렀다.

"무슨 일입니까?"

"그자가 통신자 활성제를 먹고, 손님의 감각을 실시간으로 공유했어요. 중첩현상이 그 증거예요. 그뿐만이 아니라."

중매사가 말을 멈췄다가 빠르게 이어갔다.

"어떤 중매사에게 손님을 찾아달라는 의뢰를 했어요."

갑자기 머리가 텅 비었다. 그자가 나를? 왜?

간신히 찾은 평온한 나날이 다시 출렁이는 기분이 들었다. 사라졌던 악몽이 또 나를 덮쳐오고 있었다. 이젠 더는 꿈이 아닌 현실로, 악몽이 실체가 되어 내 앞에 등장할 것이다. 그자가 살해한 여자들이 떠오르면서 몸이 떨려왔다.

"짐작 가는 이유가 있어요?"

넋이 나간 채로 없다고 대답했다. 중매사는 뉴로니카가 든 상자를 당장 보내겠다고 했다.

"다시 그자를 들여다봐요. 전력을 다해서. 알아들었어요?"

다시 그자의 현실이 꿈에서 공유되었다. 시간 배열은 여전히 엉망이다. 어떤 일이 먼저이고, 나중인지는 구분할 수 없다. 방관자로 지켜보기만 했던 광경이 소름 끼쳤다. 이 광경은 그자의 은밀하고 비밀스러운 모든 일상이다. 너무나 끔찍해서, 통신자 때문에 꾸는 다른 꿈들은 신경 쓸 새도 없이 배경처럼 지나가버린다. 평범한 나의 일상 역시 그자에겐 그냥 흘러가버리는 쓸모없는 정보일 거라 여겼다. 대체 무엇 때문에 그자가, 그 미치광이가 나를 주목하기 시작한 것일까.

그자가 사냥꾼처럼 어슬렁거리며 지나가는 거리가 보인다. 새로운 희생자를 골라 괴롭히고 있을 줄 알았는데, 아직 선택이 끝나지 않은 상태였다. 괴로운 광경을 보지 않아서 다행이었다. 그런데 그자가 걷는 거리가 점점 낯익었다. 익숙한 보도블록 문양과 가로수, 좁은 길, 색색으로 칠해진 채로 들쭉날쭉하게 붙어 있는 간판들.

숨이 멎는 것 같았다. 그자가 중매사의 집이 있는 골목을 바라보고 있었다.

음산한 골목 안쪽에서 발랄한 걸음으로 소녀들이 다가오는 모습이 보였다. 그자의 시선이 한 소녀에게 머물렀다. 그 순간, 특이할 것이 없는 나의 일상이 그자의 주의를 끈 이유를 깨달았다. 그자는 꿈에서 나의 현실 속에 있는 이 소녀를, 그의 취향에 딱 들어맞는 먹잇감을 알아본 것이다.

대체 언제부터 소녀를 뒤쫓아온 것일까. 시냅스 교란제로 통신자가 교신한 정보를 억제한 지 벌써 일주일이 지났다. 그자의 속도라면 벌써 그 음침하고 어두운 은신처로 여학생을 끌고 갔을지도 몰랐다. 여학생을 고문하는 장면은 아직 꿈에 등장하지 않았다. 그러나 만에 하나 내가 놓쳤다면? 시냅스 교란제의 억제 작용 때문에 정보가 떠오르지 않은 것이라면? 제발 아직 아무 일이 일어나지 않았기를 빌었다. 헛된 바람이었다.

"이틀째 집에 들어오지 않았다고 하더군요."

얼굴이 파랗게 질린 나를 집 안으로 맞아들이면서 중매사가 말했다. 눈앞이 아찔해지면서 다리가 풀렸다. 결국, 끔찍한 악몽이 현실이 되고 말았다. 무너지는 정신을 간신히 가다듬으면서 벽을 붙잡았다. 나 때문이다. 나만 아니었다면 그자가 자신과 접점이 전혀 없는 그 여학생의 존재를 알아차릴 일은 없었을 것이다.

입술이 바짝바짝 타들어가는 것을 느끼며 집중해서 기억을 더듬었다. 그자가 전에 여자를 납치한 후에 바로 고문을 했던가?

아니면 며칠 놓아두었던가? 아니, 일정한 패턴은 없다. 공들여 쫓아올 만큼 마음에 든 장난감이니까 곧장 고문을 시작했을지도 모른다. 두려움에 질린 여자들의 무기력한 얼굴이 떠올랐다. 고통으로 울부짖는 자그마한 여자애의 얼굴이 눈앞에 보이는 것만 같았다. 악몽 속에 있는 것처럼 조금씩 숨이 막혀왔다.

도움을 구하려고 절박하게 중매사를 바라보았다. 중매사는 나의 통신자와 교신하는 그자의 정보를 분석해서 갖고 있었다. 중매사들끼리 공유하는 데이터베이스까지 이용했다면 지금 상황을 나보다 훨씬 더 잘 파악하고 있을 터였다.

"프레스톨라티오의 악몽도 견뎌온 아이니까 버틸 거예요."

중매사가 초조함을 억누르는 목소리로 말했다.

화가 치밀었다. 얼마 전까지만 해도 이곳을 평범하게 들락거리던 여자애가 고문을 즐기는 미치광이 살인자의 손에 잡혔다. 그런데도 중매사는 희한한 망상을 들먹이고 있었다.

"그 애가 무슨 일을 당할지 알기나 해요? 프레스톨라티오의 악몽 같은 망상은 아무것도 아닙니다. 그자는, 그 미치광이는, 그 애를 고문하고 죽일 거예요. 먼저 때려서 길들이겠죠. 그다음엔 강간하고, 손톱을 뽑아내고, 피부를 야금야금 난도질할 겁니다. 그 애의 고통과 비명을 즐기면서 이도 하나씩 뽑아내겠죠. 그러다가 끝내는……."

차마 더 말을 이을 수가 없었다. 치밀어 오르는 절망감을 삼키면서 중매사를 노려보았다.

"뭐라도 해봐요. 범인이 있는 곳을 찾든지, 그 애와 통신자로 맺어진 사람을 데리고 오란 말입니다!"

중매사에게 악을 쓰며 소리쳤다.

"프레스톨라티오의 악몽이 망상이라고요?"

중매사가 책상 위에 놓인 종이를 심각하게 응시하면서 중얼거렸다.

"여기에 모이는 학생들을 잊었어요? 모든 정부에서 프레스톨라티오의 생존자를 외면했지만, 통신자 간에는 교신이 계속되었어요. 납치된 그 애도 인간농장에 있는 아이와 통신자로 연결되어 있죠. 똥오줌으로 범벅된 좁은 울타리 안에 함께 갇혔던 아이들이 하나씩 도축되어 먹히는 것을 지켜보면서도 지금까지 견뎌온 학생이에요. 그러니까 버틸 거예요."

"버틴다고요? 지금 무슨 헛소리를 하는 겁니까! 꿈에서 보는 것과 실제로 당하는 것은 전혀 다른 문젭니다. 이러고 있을 시간이 없어요. 늦기 전에 그 애를 찾아야 한다고요!"

절박하게 외쳤지만 중매사는 움직일 기미가 없었다.

"경찰에게라도 가겠습니다."

중매사를 노려보다가 뒤돌아섰다.

"그 애를 도우려고 하지 마세요."

보이지 않는 등 뒤에서 서늘하고 차가운 음성이 날카롭게 날아왔다.

"그자가 당신을 보고 있어요."

신고하러 가지 않았다. 아니, 가지 못했다. 고작 내가 아는 것이라고는 이 세상 어딘가에서 끔찍한 범죄가 일어나고 있다는 사실뿐이었다. 시각 정보를 통해 그자의 세상을 들여다보지만, 그자가 누구이며 정확히 어디에 사는지조차 모른다. 나 때문에 납치된 여학생이 고통받는 모습을 그저 지켜보는 것밖에 할 수 없다니. 고문당하고 죽어가는 여자를 악몽 속에서 몇 번이나 무기력하게 지켜보았어도 이토록 절망적인 기분과 죄책감이 들기는 처음이었다.

기댈 곳은 중매사뿐이었다. 중매사는 그자가 있는 곳을 찾아내기 위해 뉴로니카로 내게서 수집한 정보를 분석하고 있었다. 분석이 끝나면 경찰에 도움을 요청할 수 있을 것이다. 그런데 그 전에 그자가 중매사를 찾아낸다면? 불현듯 떠오른 생각에 등골이 오싹해졌다.

그자가 여학생을 뒤쫓아 찾아왔던 중매사의 골목에서 무엇을 보았는지 꿈에서 보았던 기억을 찬찬히 더듬었다. 회색빛 보도

블록, 그 위에 떨어져 있는 노란 은행잎. 스쳐 지나가던 여학생들, 그 뒤편으로 이어지는 좁은 골목, 그 속으로 보이는 색색의 간판 위에 적힌 이름들. 중매사 '이소윤'.

소스라치게 놀라며 숨을 멈췄다. 중매사의 이름에 시선이 잠시 스쳤던가? 아니면…….

온몸에 한기가 느껴지면서 손이 떨렸다. 중매사가 위험했다.

이제야 그 사실을 알았느냐고 그자가 비웃는 웃음소리가 들리는 것만 같았다. 몇 번이나 중매사를 만났으면서도 어째서 이 사실을 빨리 깨닫지 못했던 것일까.

경고해주려고 곧바로 전화를 걸었지만, 중매사는 받지 않았다. 두 번, 세 번. 다섯 번째까지도 전화는 연결되지 않았다. 초조해지기 시작했다. 끔찍한 모습으로 살해된 중매사의 모습이 떠오르는 바람에 진정되지 않았다. 그자는 잡히지 않기 위해 무슨 짓이든지 벌일 수 있었다. 악랄하고 잔인하게, 그리고 철저하게.

곧장 집을 나가서 택시에 올라탔다. 전속력으로 달린 택시는 10여 분 만에 나를 중매사의 골목에 내려주었다. 좁은 골목을 정신없이 달리면서 끊임없이 자신을 탓했다. 가을바람이 벌써 겨울을 맞은 양, 차갑게 뺨을 때려왔다. 이대로 숨이 끊어질 것처럼 가빴지만 멈출 수가 없었다.

문 앞에 닿자마자 낡은 미닫이문 손잡이를 잡고 거칠게 열어

젖혔다.

"중매사님!"

큰소리로 외친 말이 텅 빈 공간에 메아리쳤다. 집은 비어 있었다. 이미 늦은 것이 분명했다. 전력을 다해 달려온 다리에 힘이 풀리면서 털썩 바닥에 주저앉았다. 이제 곧 중매사가 잔혹하게 고문당하거나 살해당해 먹히는 일을 목격하게 될 것이다. 절망스러운 기분과 함께 위가 견딜 수 없을 정도로 아팠다. 배를 감싸 쥐고 바닥에 드러누우면서 차라리 이대로 죽어서 모든 것이 끝났으면 좋겠다고 생각했다.

진땀을 흘리며 통증이 가라앉기를 기다리는 동안, 호주머니에서 휴대전화 벨이 울렸다. 남요가 걸어온 음성 전화였다. 액정에 뜨는 남요의 이름을 보며 음성 전화여서 다행이라고 생각했다. 이렇게 비참한 꼴을 보이고 싶지 않았다.

"대체 무슨 일을 당하고 있는 거야?"

남요가 괴로운 목소리로 물었다.

"중매사가 그자에게 끌려갔어."

힘겹게 목소리를 쥐어짜서 말했다. 남요는 지독한 위통의 원인이 그것이었냐며 투덜거리더니 짧은 한숨을 내쉬었다.

"중매사가 그자와 마주치긴 했지만 끌려가진 않았어."

뜻밖의 말이 남요의 입에서 흘러나왔다. 남요는 중매사의 부탁을 받고 내게 전화를 걸었다고 했다. 어제 골목길에서 그자와 마주친 중매사는 그 즉시 집을 떠났다. 내게 알릴 생각이었지만, 내가 계속 화상 전화를 걸어대는 바람에 전화를 받지 않은 것이다. 중매사는 자신이 그자를 피해 도망친 것처럼 보이기를 바랐다.

그 말을 들은 후엔 자연스럽게 남요와 통화하려고 애썼다. 그자와 나를 묶고 있는 통신자는 청각에 관여하지 않는다. 음성으로만 대화를 나눈다면 내용이 그자에게 알려질 수 없었다. 남요는 중매사가 모르는 번호로 음성 전화를 걸어올 것이라며 그것을 받으라는 말을 남기고 통화를 끝냈다. 그리고 잠시 후, 정말로 중매사가 음성 전화를 걸어왔다.

중매사는 초조함을 억누르는 목소리로 그자를 추적하고 있다고 말했다. 낯선 번호로 걸려오는 전화가 잦으면 그자가 이상하게 여길 수 있으니 필요한 일이 생길 때만 내게 전화하겠다고 했다. 그러기 전에 여자애가 살해당할 수 있다는 말이 목구멍까지 솟구쳤지만, 억지로 삼켰다. 지금은 중매사에게 기대는 수밖에 없었다. 과연 여자애는 중매사가 추적을 끝낼 때까지 버틸 수 있을까.

중매사의 연락을 기다리면서 시냅스 교란제 먹기를 멈췄다. 한동안 사라졌던 악몽이 다시 돌아왔다. 그자의 길들이기는 이미 시작됐다. 두려움 없이 똑바로 '나'를 응시하는 얼굴을 거대한 손바닥이 후려치고 있었다. 작은 체구의 여자애가 짐승처럼 엎드려 바닥을 기어 도망치며 꿈틀거렸다. 들릴 리 없는 신음이 귓가에 선명하게 맴돌았다.

그자는 검붉은 멍 자국을 여자의 몸에 만드는 것을 좋아했다. 꿈이 이어질 때마다 기묘한 무늬처럼 여자애의 몸 여기저기에 생겨나는 멍 자국을 보았다. 신경이 곤두선 채로 잠자리에 들었다가 흠칫 놀라 깨어날 때면 어김없이 남요의 전화가 걸려왔다.

모든 꿈을 함께 나눌 수는 없지만, 이 끔찍한 고통을 알아주는 사람이 있어서 처음으로 혼자가 아니라는 느낌이 들었다. 전화를 끊은 후에 이불에 머리를 묻고 흐느끼다 보면 끝내 울음이 터져 나왔다. 언제까지 그 여자애가 고통스러워하는 것을 지켜보고 있어야만 하는지, 결국 잔인하게 고문당하고 살해당하는 모습을 보아야만 하는 것인지 끔찍해졌다.

"우리가 찾아낼 때까지 그 애는 버틸 거야. 프레스톨라티오의 악몽을 견뎌온 아이니까."

울음을 삼키는 내게 남요가 위로를 건넸다. 그는 지푸라기 같은 희망을 만들어내기로 결심한 듯, 프레스톨라티오의 악몽을 믿기 시작했다. 심지어는 자신도 깨닫지 못했을 뿐, 오래전부터 프레스톨라티오의 악몽을 꾸어왔다고 했다.

선명하게 펼쳐지는 프레스톨라티오의 악몽을 견뎌낸 자라면 현실의 고통을 얼마든 견딜 수 있다는 말도 안 되는 신념이 내게는 전혀 도움이 되지 않았다. 나는 상상이 아닌 '실제로' 그 여자애의 고통을 목격하고 있었다.

여자애가 납치된 지 사흘째 되던 날, 중매사에게 더 빨리 많은 정보를 제공하기 위해 회사에 며칠 병가를 내고 통신자 활성제를 먹었다. 시각 정보가 중첩되면서 나와 그자의 현실이 함께 눈앞에 펼쳐졌다. 어떤 때는 나의 현실이, 어떤 때는 그자의 현실이 실제 같았다. 반대로 꿈 같기도 했다. 뇌의 현실 적응 기능이 점점 떨어지면서 두 정보 중 어느 것이 나의 것인지 점점 혼란스러워져갔다. 분리된 정보의 경계가 허물어지면서 내가 괴물 속으로, 괴물이 내 속으로 밀려 들어왔다. 실제 그자의 것인지, 아니면 그자의 시각 정보를 통해 내가 상상해내는 것인지 알 수 없는 욕망이 불쑥불쑥 솟구쳐 오르기도 했다. 자신을 잃고 괴물이 되지 않기 위해 나는 여자애를 동정하고, 연민하고, 구원하려는 마음을 온 힘을 다해 붙들어야 했다.

머리카락이 엉클어진 여자애의 얼굴에서 지배욕이 아닌 연민을 느끼려고 애썼고, 얼굴에 남겨진 벌건 손자국을 보며 쾌감을 느끼는 대신 스치고 사라지려는 슬픔을 붙잡으려 노력했다. 몇 번이고 똑바로 '나'를 응시하는 여자애의 눈을 마주할 때면 그 애에게 굴욕을 주고 망가뜨린 후에 잔인하게 해체하고 싶은 욕망이 점점 거세지는 것을 느꼈다. 그자의 욕망이었다.

그때가 될 때까지도 중매사로부터 연락은 없었다. 이미 일주일이 지났다. 소녀의 몸은 기묘한 무늬처럼 보이는 검붉은 멍으로 뒤덮였고, 그자의 욕망은 절정에 치달아 있었다. 무엇이 시작될지는 분명했다. 이제 곧 끔찍한 고문이 시작될 것이고, 그것은 환영 같은 프레스톨라티오의 악몽과 비교할 수 없었다. 남요를 통해 중매사에게 경고하며 서두르라고 했다. 그러나 결국 고문이 시작되는 날까지도 중매사의 연락은 오지 않았다.

절망에 잠긴 채로, 눈앞에서 펼쳐지는 거대하고도 끔찍한 또 하나의 현실을 무기력하게 지켜보았다. 한쪽에는 익숙한 내 방의 풍경이 고요하고도 평온한 어둠 속에 놓여 있고, 또 한쪽에는 낯익은 회색빛 공간이 음침함을 풍기며 고통스러운 비명과 신음 속에 잠겨 있다.

구석에 웅크린 작은 몸을 보았다. 와들와들 떨면서 '나'를 바라보는 선명한 눈을 후벼 파고 싶은 욕망이 꿈틀거린다. 다시 시작된 고문의 순서가 달라질 것을 깨달은 순간, 온몸이 떨렸다. 작은 탁자 위에는 그자가 일부러 펼쳐놓은 악랄한 고문 도구들이 있었다. 일부러 충분히 겁을 주려고 도구를 천천히 어루만지던 손이 작은 송곳을 천천히 뽑아 든다.

여자애가 뒤로 주춤주춤 물러섰다. '나'는 공포에 질렸으면서도 여전히 저항하는 여자애의 눈빛을 보며 짜릿한 지배욕을 느낀다. 저것을 후벼 파서 없애버리면 굴복하고, 살기 위해 뭐든 하게 될 것이다. '나'는 여자애의 얼굴에 서린 공포를 지켜보며 한 걸음씩 다가선다. 벽에 몸을 바짝 붙인 여자애가 숨을 몰아쉬며 나를 응시한다. 마치 이런 일이 처음이 아닌 듯, 익숙하게 겪어온 일인 듯 체념과 각오가 섞인 눈빛이다. 저 각오는 대체 어디에서 온 것일까. 나의 것인지, 그자의 것인지 모를 의문이 떠오른 순간, '내'가 걸음을 멈추고 돌아섰다. 어떤 소리를 들은 것 같았다. 아마 벨 소리일 것이다.

두텁고 검은 문이 보인다. 마치 지옥으로 통하는 것처럼 보이는 문 뒤에는 그자가 생활하는 평범한 거실이 있었다. 검은 문을 단단히 닫고 책장으로 가린 후에 현관으로 걸어간다. 혹시나 도와줄 사람이 도착했기를 간절히 바랐지만, 외시경에 보인 사람은 간혹 들르는 집주인이었다. 다시금 절망을 경험하는 동안, 현관에 부착된 잠금장치가 하나씩 해제되고 문이 조금 벌어지며 열린다.

그 순간, 검은 장갑을 낀 손이 불쑥 안으로 들어왔다. 접혔던 가느다란 팔이 곧은 직선으로 펼쳐지며 똑바로 '나'를 향했다. 검은 손에 쥔 시커멓고 번들거리는 물체가 차갑고 우울하게 반짝였다. 문이 조금 더 열리고, 권총을 '내'게 겨눈 자가 집 안으로 들어섰다. 그토록 열리기를 바랐던 문이 천천히 그자의 등 뒤에서 닫힌다. 총을 겨눈 자는 깡마르고 머리가 희끗희끗한 여자였다. 안경을 벗은 얼굴 위에서 빛나는 눈빛은 소름이 끼칠 정도로 차갑고 날카로웠다. 중매사, 이소윤이었다. 그녀는 총을 겨눈 채로 똑바로 한 걸음 다가왔다. 흔들림 없는 눈빛 속에 담긴 각오는 오랫동안 끊임없이 사라졌다가 다시 생겨난 것처럼 익숙하고도 새로워 보였다. 그녀가 천천히 입꼬리를 들어 올리며 웃었다. 그자를 비웃는 것인지, 나를 안심시키는 것인지 알 수 없는 기묘한 웃음이었다.

그녀가 다시 한 걸음 다가온다. '나'는 눈앞에 가까워진 검은 구멍을 들여다보았다. 무슨 일이 벌어지는지 알아차리기도 전에 갑자기 시야가 흔들렸다. 시선이 비정상적인 경로를 그리며 벽을 훑다가 갑자기 훅 낮아졌다. 그다음에는 아무것도 보이지 않았다.

어자애는 무사히 돌아왔다. 소식을 알려준 중매사는 그자에게 살해된 모든 여자의 가족에게 연락이 갈 거라고 했다. 실종된 줄 알았던 가족의 소식을 알게 된 안도감과 가족을 잃은 비통함 중에 어떤 것이 더 클지는 짐작하기 힘들었다. 중매사는 여전히 세상 모든 일이 귀찮은 표정으로 인상을 쓰고 있었다. 나는 가늘지만 제법 근육이 붙은 중매사의 팔을 보면서 그녀가 한때 군인이었음을 떠올렸다.

"경찰에서 당신을 처벌하진 않습니까?"

중매사는 무슨 말을 하고 싶으냐는 얼굴로 나를 힐끔 쳐다보더니, 거래가 있었다고 짧게 말했다. 더 말할 생각은 없다는 투였다.

"그것보다 다음에 등장할 손님의 악몽이나 걱정하도록 하세요. 주로 의식 속으로 떠오르던 꿈이 사라졌으니, 통신자로 인한 다른 꿈이 등장할 거예요. 손님은 통신자 민감성이 매우 낮기 때문에 굉장히 자극적이고 끔찍한 악몽이 의식 위로 떠오를 가능성이 많아요."

중매사가 화제를 돌려 말하는 동안, 드르륵 문 열리는 소리가 나더니 전에 보았던 학생들이 우르르 들어섰다. 프레스톨라티오의 악몽을 꾸며 함께 견디기 위해 모이는 학생들이었다. 납치되었던 여학생은 보이지 않았다. 아직 치료 중일 것이다.

"저 애들도 악몽을 꾸지 않는 날이 오면 좋겠군요."

중매사가 의미심장하게 나를 바라보는 바람에 나는 시선을 피했다.

남요와 중매사는 납치된 여학생이 구출된 후에 나의 악몽이 완전히 끝난 일을 빌미 삼아 중매사들을 프레스톨라티오로 보내는 일에 협력하라고 압박을 넣고 있었다. 말일에 화성으로 떠나는 화물선의 빈자리에 중매사들을 몰래 태워서 우주정거장 블루스카이까지만 가게 해달라는 부탁이었다. 그다음에는 남요의 여객선이 그들을 태우고 프레스톨라티오까지 항해한다는 계획이었다.

부탁 자체보다 남요가 프레스톨라티오의 악몽을 철석같이 믿어버리게 된 것에 어이가 없었다. 남요는 나를 설득하기 위해 프레스톨라티오의 악몽이 실제라는 증거를 긁어모아 수도 없이 제시했다. 중매사가 나와의 세 번째 만남에서 알려줬듯이 프레스톨라티오에서 벌어지는 일을 보지 않으려고 많은 사람이 사용한 시냅스 교란제는 유전자 변이를 일으켰고, 후손들에게 낮은 통신자 민감성을 물려주었다. 나를 비롯하여 낮은 통신자 민감성을 갖고 태어난 사람들의 꿈을 분석해보면 의식 수준까지 올라오지 못하는 통신자의 교신 정보가 무수히 많았다. 누군가의 현실이지만 꿈으로 잊힌 정보들이었다. 물론, 이러한 주장에 반론을 펼치는 사람이 훨씬 더 많았다.

남요는 중매사의 도움으로 자신의 의식 아래에 묻혀 있던 프레스톨라티오의 악몽을 자각했다고 내게 강조했다. 믿기지 않았다. 통신자로 인한 꿈이 있다 해도 많은 꿈은 현실을 상징적으로 반영하는 정보 더미였다. 꿈을 다루는 데 능한 중매사가 이런저런 생각을 불어넣어서 이상한 꿈을 꾸게 만들었다 해도 전혀 이상하지 않았다.

"프레스톨라티오의 악몽은 그 일을 잊지 못한 사람들이 만들어낸 현상 아닙니까?"

"진실이 무엇인지는 손님도 아실 텐데요?"

중매사가 단호하게 말하면서 의미심장한 눈길로 지그시 나를 바라보았다. 마치 내가 프레스톨라티오의 악몽을 잘 알고 있다는 말투였다.

얼마 후, 갑자기 가위에 눌리는 것처럼 끔찍한 기분을 느끼며 한밤중에 깨어났다. 악몽이 사라진 후에 처음 겪는 충격이었다. 또다시 끔찍한 악몽이 의식 속으로 떠오를 전조가 아닌가 해서 어둠을 노려보며 두려움에 떨다가 이런 순간에 전화를 걸어왔던 남요에게 연락했다. 끝이 보이지 않는 악몽을 꾸던 내가 그랬던 것처럼 그는 고통이 담긴 목소리로 울먹였다.

"이 악몽을 끝낼 수 있다면 뭐든 하겠어."

처음에는 프레스톨라티오로 가려는 계획에 나를 끌어들이려는 연극이라고 여겼다. 그런데 악몽에서 깨어나는 남요의 고통은 점점 커져갔다. 새벽마다 그는 끝낼 수 없는 악몽의 괴로움을 내게 토로하며 흐느꼈다. 아마 전화를 끊은 후엔 홀로 이불 속에 얼굴을 묻은 채로, 끔찍한 이 세상과 무기력한 자신 때문에 울음을 터트릴 것이다. 남요가 나를 홀로 내버려두지 않았듯이 나도 그를 홀로 내버려두고 싶지 않았다.

결국, 회사 화물선이 출발하기 사흘 전에 그들을 프레스톨라티오로 보내는 계획에 동참하기로 마음을 정했다. 이소윤을 포함한 중매사 다섯 사람의 무게는 500킬로그램을 넘지 않았다. 보통 선적하는 화물에 비하면 깃털처럼 가벼운 수준이어서 가벼운 오차 정도로 인식될 무게였다. 화물칸에 실어 보내도 결국은 들키겠지만, 대기권을 벗어난 후라면 그들을 지구로 되돌려 보낼 수는 없을 것이다.

드디어 찾아온 말일에 계획은 차질 없이 진행되었고, 중매사 다섯 명을 몰래 실은 화물선은 무사히 대기권을 벗어나 화성으로 향했다. 중간에 잠시 들르는 우주정거장 블루스카이에 남요의 여객선이 대기하고 있었다. 프레스톨라티오까지 가는 길에는 평소 그가 이용해보고 싶었던 항로와 도약 지점이 많았다. 프레스톨라티오의 악몽을 끝내는 일 외에도 낡은 여객선이 은퇴하기 전에 넓고 먼 우주를 항해하게 된 것을 남요는 몰래 기뻐하는 것 같았다. 남요가 설정한 최단 항로를 이용해서 프레스톨라티오까지 왕복하는 데 걸리는 시간은 5년이었다.

그들을 떠나보낸 나는 간혹 이소윤 중매사의 집에 들러서 프레스톨라티오의 악몽을 꾸는 학생들을 만났다. 아이들은 프레스톨라티오의 상황이 조금씩 더 나빠지고 있다고 했다. 그 탓인지 아이들의 표정이 점점 어두워졌고, 말수도 줄어들었다. 환영일지언정, 아무것도 할 수 없는 채로 거기서 벌어지는 잔혹한 일들을 꼼짝없이 지켜보아야 하는 것은 천형이었다.

"지구의 우주선이 갈 거라고, 프레스톨라티오의 아이들에게 전달되었을까요?"

납치되었다가 돌아온 여학생이 기대가 담긴 눈빛을 보내며 물었다. 온몸을 물들였던 멍 자국은 이제 모두 사라졌다. 손톱이 강제로 뽑혔던 엄지손가락도 이젠 완벽하게 아물어서 그토록 고통받았던 흔적은 찾아보기 힘들었다. 하지만 사라진 악몽을 가끔 떠올리며 괴로워하는 나처럼 이 소녀도 그날의 일을 영원히 지우지는 못할 것이다.

"아마도 우주선을 기다리고 있을 거다."

모두 중매사들이 지어낸 환영에 불과할 거라는 말을 삼키고 최대한 부드러운 어투로 대답했다. 그들이 텅 빈 프레스톨라티오에 도착하게 되면 모두 사라질 증상이었다.

아이들의 절망이 깊어지는 것처럼 멀리 떨어져 우주를 가로지르고 있는 남요의 괴로움과 고통도 심해졌다. 바쁜 출근길에, 멍하니 걷고 있는 길 위에서, 퇴근길에 깜빡 잠든 버스 안에서, 잠든 깊은 밤에 남요의 괴로움이 내 안으로 밀려들었다. 밥을 먹다가, 커피를 마시다가, 문득 일과 관련된 작업을 하다가 느껴지는 극심한 고통을 참지 못한 채로 나는 화장실로 달려가 문을 잠그고 흐느꼈다. 통신할 수는 없지만, 이 끔찍한 괴로움을 홀로 견뎌내고 있는 것이 아님을 남요가 알기를 바랐다. 다만 너무나 극적인 프레스톨라티오의 악몽은 여전히 사실로 믿기지 않았다. 그런데 아이들의 이야기를 들은 후부터 비슷한 악몽을 꾸기 시작했다.

아이들에게서 들은 대로 황무지 위에 널브러진 작은 머리와 뼈를 보았다. 지저분한 울타리 안에 웅크리고 앉아서 모래바람과 추위에 떠는 꼬맹이들을 골라서 데려가는 자들도 보았다. 아이들을 도축하는 평평한 돌 위는 핏자국이 겹겹이 말라붙으면서 두터워져 있었다. 도축된 아이의 살이 발라지고 나면 작은 살코기가 간신히 붙어 있는 뼈와 남은 머리가 다른 아이들에게 먹이로 던져졌다. 먹거나 먹히면서 어린애들은 살아남거나, 혹은 죽었다.

아이들에게서 들은 이야기를 바탕으로 구성되며 비연속적으로 등장하던 꿈은 점점 연속성을 갖추며 의식 속으로 떠올랐다. 끔찍한 상상 속의 행성 위에는 생기 없는 황무지만이 광막하게 이어졌다. 검은 밤이 행성을 뒤덮을 때면 도축될 아이와 그것을 먹어야 하는 아이들이 어둠 속에서 함께 흐느꼈다. 그중에는 제

새끼를 도축장으로 보내야 하는, 어리고도 앳된 어미와 아비도 있었다. 새벽이 이르기 전에 도축장에 서게 되는 아이들은 어둠에 묻힌 지평선 쪽을 가만히 응시하다가 우두커니 서서 먼 하늘을 오랫동안 지켜보았다. 그러다 보면 기다림에 지친 도축자의 칼이 휘둘러지며 어두운 허공을 갈랐다. 작은 머리가 떨어져 바닥에 구르는 소리를 들으면 나는 충격으로 꿈에서 깨었다.

그토록 고요하고 절망이 가득한 밤이 황량한 행성 위로 이어지던 또 다른 평범한 날에 '나'는 도축장에 선 아이를 또다시 보았다. 몇 번째로 거기에 선 아이인지는 기억할 수 없었다. 작은 아이는 비쩍 마른 몸으로 도축장 한가운데에 서서, 행성을 품은 검은 어둠을 한참 응시했다. 칼을 든 도축자가 마지막 의식처럼 하늘을 멀리 바라보는 아이를 지켜보고 있었다.

하늘은 여느 때와 다름없이 검고 어두웠다. 하늘을 바라보던 아이의 고개가 꺾였고, 도축자가 성큼 아이 곁으로 다가섰다. 그런데 그때 갑자기 무겁고 거대한 소리가 하늘에서 시작되었다. 묵직한 굉음이 장엄한 전주곡처럼 지상을 뒤덮으면서 무엇인가의 도착을 알리고 있었다. 이윽고 불쑥 하늘에 거대한 물체의 일부가 나타났다. 흐릿하게 보이던 그것은 큰 소리와 함께 천천히 검은 하늘 위로 모습을 드러냈다. 거대한 우주선의 몸체가 황량한 행성 위로 장엄하게 나아오고 있었다. 조금씩 지상에 가까워지는 그 우주선은 남요의 낡은 여객선이었다. 선체를 밝힌 빛이 점점 눈부시게 가까워지면서 어둠에 잠긴 행성을 가로질러 지평선까지 순식간에 뻗어나갔다. 빛이 닿는 모든 곳에 때 이른 새벽이 펼쳐지기 시작했다. 깊은 어둠 속에서 흐느끼던 사육장 안의 아이들이 고개를 들고 일어섰다. 넋을 잃고 섰던 도축자가 칼을 내던지더니, 알 수 없는 소리를 외치며 그들의 무리가 있는 곳으로 달음질치는 모습이 보였다. 그때야 비로소 나는 내일이 이전과 다를 것임을 깨달았다. 이것은 분명히 저 우주 너머 프레스톨라티오에서 생존한 누군가와 맺어진 통신자를 통해 내가 보는 낯선 행성이었다.

며칠 후, 지구에 떠들썩한 속보가 흘러나왔다. 남요가 낡은 여객선에 프레스톨라티오의 생존자 100명을 싣고 지구로 귀환할 예정이라는 소식이었다. 그제야 비로소 내가 진실이 무엇인지 이미 알고 있다던 중매사의 말뜻을 알아차렸다. 나도 이미 오래전부터 프레스톨라티오의 악몽을 꾸고 있었던 것이다.

전쟁은 끝났어요

이산화

화면 위의 그래프가 주홍빛 공기를 타고 아지랑이처럼 흔들린다. 실험이 준비되기까지 생각보다 오랜 시간이 걸려, 분석 장비가 마지막 시료까지 처리하고 나니 이미 해 질 녘이다. 저녁 식사 시간 전에 결과 갈무리와 뒷정리까지 끝나야 한다. 그래프 곳곳에 삐죽삐죽 솟은 점을 확인하기 위해 시선이 좌우로 움직인다. 눈이 계산 수치를 확인하면 손이 재빨리 받아 기록한다. 흘려 쓴 글씨가 노트의 선과 선 사이를 제멋대로 가로지른다.

에피네프린, 노르에피네프린, 도파민, 세로토닌. HVA, DOPAC, 5-HIAA, 5-HTP. 시료에서 검출된 각 물질의 명칭 및 농도가 쭉 적혀 내려간다. 하지만 이름과 숫자 그 자체는 중요하지 않다. 중요한 것은 의미다. 신경전달물질은 뇌와 신경계의 세포 사이를 오가며 신호를 중계하는 분자다. 이들이 뇌 속을 얼마나 어떻게 흐르는지에 따라 감정과 의식과 사고가 결정된다. 도파민은 욕망, 에피네프린은 공포와 밀접하게 연관된 것으로 알려져 있다. 즉 노트에 적힌 내용은 감정이다. 분석되고 계측되어 수치화한 마음이다.

몇 시간 전까지만 해도 이 감정은 실험대 위에, 수 킬로그램의 차갑고 북슬북슬한 덩어리 속에 박제되어 있었다. 죽은 아기 침팬지 '윌리'의 툭 튀어나온 코와 멍하니 벌어진 입, 흐릿한 눈동자, 부러진 다리와 피가 눌어붙은 검은 체모가 생생히 떠오른다. 파란 니트릴 장갑에 감싸인 내 손이 털 여기저기를 깎고 바늘을 찔러 넣어서 뇌 조직을, 뇌척수액을, 혈액과 소변을 뽑는 모습도. 채취한 시료를 분석하여 이 침팬지가 죽기 전에 어떠한 심리 상태에 있었는지, 최근에 어떤 감정을 느끼고 있었는지 알아내는 것이 오늘 실험의 목적이다. 죽은 유인원의 마음을 분자들이 속삭여줄 것이다.

그 속삭임을 해독하려 노트와 화면을 오가던 시선이 방해를 받아 흔들린다. 철제문을 두드리는 깡깡 소리가 어둑어둑해진 실험실 안으로 요란하게 퍼져나간다. 잊혀 있던 사실들이 차례로 떠오른다. 벌써 식사 시간이다. 그리고 실험대 위가 아직 엉망

진창이다. 서둘러 일으킨 몸이 비틀거린다. 불그스레하고 찐득거리는 얼룩이 긴 자국을 남기며 닦여나가는 동안 이번에는 목소리가 울린다.

"미나, 오늘도 많이 바빠요?"

움직임이 더욱 급해진다. 청소가 그럭저럭 끝난다. 옷걸이에 내던져지다시피 걸린 가운이 반쯤 흘러내린다. 하루 종일 답답한 가운에 감싸여 있던 팔 안쪽에서는 피와 소금과 몇 가지 유기용매의 냄새가 난다. 잠금장치가 풀린 문이 삐걱거리며 열리니 더운 공기가 훅 밀려 들어온다. 군데군데 긁히고 얼룩진 얼굴이 그 한가운데에서 이쪽을 걱정스레 쳐다보고 있다. 아침부터 저녁까지 내내 정글에서 침팬지를 관찰하다가 온 사람다운 얼굴이다.

"기다려주실 필요는 없었는데요, 카엠베 박사님."

"일부러 데려가지 않으면 끼니를 거르니까 이러죠. 방문객이 앓아누우면 그것도 시설 책임이에요."

그렇게 말하면서 박사는 씩 웃는다. 얼굴이 가볍게 화끈거린다. 이윽고 니알루켐바 영장류 연구소의 복도로 카엠베 박사의 힘찬 걸음걸이가 앞서 나아간다. 생화학자 미나의 발은 머뭇머뭇 그 뒤를 따른다.

식당을 향해 걷는 동안 자연스레 일 이야기가 나온다. 정글에서 종일 관찰한 내용을 말해주며 카옘베 박사는 미소를 유지하려 하지만, 한숨이 나오는 것을 막지는 못한다.

"오늘은 말라키가 피를 줄줄 흘리면서 걸어가지 뭐예요. 불쌍한 녀석."

"충돌이 있었나 보네요. 누구랑 싸웠는지도 알아내셨나요?"

"확신은 못 하겠지만, 아마 윈터스 녀석이겠죠. 요즘 들어서 충돌이 더 잦아진 느낌이네요. 윌리가 그렇게 된 지 겨우 이틀인데."

오늘의 분석 시료 제공자였던 윌리의 텅 빈 눈이 다시 떠오른다. 니알루켐바 보호구역에서 올해 들어 동족에게 살해당한 네 번째 침팬지였다. 카옘베 박사가 언급한 다른 침팬지들이 어떤 개체인지는 정확히 떠오르지 않지만, 아마 말라키가 '호수 파벌'이고 윈터스 무리는 '절벽 파벌'에 속해 있을 것이다. 이곳 니알루켐바의 침팬지들은 두 파벌로 나뉘어 싸우고 있다. 숲이 불타며 서식지를 잃은 침팬지 수십 마리가 이 지역의 정글로 이주해 온 이래 3년 동안. 서로의 땅을 빼앗으면서. 때론 죽고 죽이면서.

야생 침팬지들 사이의 유혈 충돌은 1970년대에 탄자니아 곰베에서 장장 4년에 걸친 '전쟁'을 관찰한 제인 구달에 의해 처음으로 학계에 보고되었다. 이후에도 동족에 대한 침팬지의 잔혹한 폭력은 종종 관측되어왔다. 침팬지들은 다른 무리의 영토를 침략하고, 혼자 다니는 개체를 떼 지어 기습하며, 심지어는 아이를 납치해 잔인하게 살해하기도 한다. 이유가 무엇일까? 어째서 전쟁을 벌이고, 왜 동족을 죽일까? 수수께끼를 풀기 위해서는 관찰이 필수적이다. 그렇기에 니알루켐바야말로 기회의 땅이다. 숲은 넓지 않고 폭력은 빈번히 터져 나와 관찰에 더없이 적합하다. 기존 국립공원 관리소 자리에 이곳 니알루켐바 영장류 연구소가 세워진 이유다. 우리 친척 유인원들의 어둠의 심장부를 가장 가까운 곳에서 들여다보기 위해.

곰베에 구달이 있었다면 니알루켐바에는 아델 카옘베 박사가 있다. 연구소의 설립 멤버 중 하나로, 이곳에 줄곧 머물며 '니알루켐바 내전'을 꼼꼼히 기록해온 영장류학자다. 한편 전장을 직접 관찰하며 연구하고자 몇 개월 정도 시간을 내는 과학자도 종종 있다. 나도 그런 방문객이고, 이번 분기에 니알루켐바에 머무를 과학자 여섯 명 중 하나다. 식당 문을 열고 들어서자 테이블 두 개에 왁자지껄하게 둘러 모인 사람들이 눈에 들어온다. 빈자리가 남은 테이블 쪽에서 인류학자인 에시타 미스라 박사가 손을 흔든다.

"아델! 미나 씨! 왜 이렇게 늦었어!"

테이블 사이를 비집고 들어가서 미스라 박사의 건너편에 자리를 잡는다. 땅콩버터와 토마토로 만든 소스에 끓인 닭고기가 이미 접시에 담긴 채 놓여 있다. 카옘베 박사는 배가 고팠는지 닭고기에 거의 얼굴을 파묻다시피 하고서 숟가락을 움직인다. 미스라 박사는 손으로 연신 부채질을 한다.

"너무 덥지 않아? 여기 에어컨 실외기가 고장이 났대."

"뭐가 자주 망가지네요."

"그렇다니까! 우리 도착했을 때는 위성 안테나가 말썽이었고, 그다음 주에는 지프차 바퀴에 죄다 펑크가 났고, 이번엔 에어컨이야. 아델, 넌 개코원숭이들 짓이라고 그랬지?"

카옘베 박사가 닭고기를 우물거리며 말없이 고개를 끄덕인다. 연구소 주변은 짓궂은 개코원숭이들의 터전이다. 안테나도 실외기도 전부 원숭이들로부터 보호하기 위한 철망으로 둘러싸여 있지만, 카옘베 박사는 원숭이들이 뚫을 방법을 알아냈을 거라고 의심한다. 미스라 박사의 생각은 다르다.

"여전히 난 반군들이 의심스러워. 이쪽 숲이 보호구역 지정된 걸 탐탁치 않아 하는 사람들도 있는 거 알잖아. 정치는 좀 안정됐다지만 아직 게릴라들도 남아 있고, 지역 주민들도 반군에 우호적이라던데."

"숲을 불태운 것도 반군이었고 말이죠."

"그래, 침팬지들이 여기로 몰려온 것도 그 일 때문이지. 전쟁이 전쟁을 만든 거야."

전쟁이 전쟁을 만든다. 한 분기 동안 머무를 과학자들이 전부 도착한 날, 환영 파티 때 미스라 박사가 바비큐를 만들며 말한 내용이 떠오른다. 그때도 미스라 박사는 전쟁 이야기를 했다. 학술적 관심사에 대한 말을 한번 시작하면 결코 멈추지 않는 사람이라는 인상이 첫날부터 박혔다.

"'117번 발굴장소'라는 곳 알아? '제벨 사하바'라고도 하는데. 수단에서 발견된 1만 3,000년 전의 집단 무덤이야. 창에 찔리고 화살에 맞은 사람들의 무덤."

"일종의 군인 묘지네요."

"그리고 군인이 있었다는 건 전쟁도 있었다는 얘기지. 117번 발굴장소는 인류학자들이 아는 가장 오래된 전쟁 흔적이야. 놀랍지 않아? 1만 3,000년 전부터 우린 서로 죽이려고 싸웠던 거야."

회상 속 미스라 박사의 말이 식탁에서 소리를 높이는 현재의 말소리에 겹쳐 들린다. 고고학적 증거로 남은 첫 번째 전쟁으로부터 1만 3,000년이 흘렀고, 식량은 온 인류를 다 먹일 수 있을 만큼 충분하고, 기술도 엄청 발전했고, 멈추려면 얼마든지 멈출 수 있을 것 같은데도 인류는 여전히 심심찮게 극단적인 길을 택한다. 싸울 이유를 만들어서 전쟁을 벌이고 있다…….

"내 가설은, 우리 내면에 가장 과격한 행동을 부추기는 어떤 본능이 있다는 거야. 말하자면 '하이드 씨 가설'이라고나 할까. 아직까진 생각에 불과하지만 여기서 뭔가 이유를 알아내서 돌아간다면, 혹시 또 모르지."

"사람이 싸우는 이유, 말이네요."

"다들 그게 궁금한 거잖아. 원숭이가 왜 싸우는지가 아니라."

박사의 지적은 장난스럽지만 정확하다. 니알루켐바에 과학자들이 모이는 이유는 결코 침팬지를 연구하기 위해서만이 아니다. 침팬지는 거울이다. 인간은 침팬지들의 전쟁으로부터 스스로의 피투성이 역사를 읽는다. 침팬지들의 폭력을 분석함으로써 인간의 폭력이 발생하는 원인을 알아내고 그 해결책을 통찰하려 한다. 컴퓨터 모델링으로 무리 사이의 갈등이 진화적으로 최적화된 선택일 수 있는지 알아보려는 진화생물학자도, 이곳 침팬지들의 표정과 몸짓 데이터를 수집하겠다는 계획을 밝힌 동물행동학자도 마찬가지다. 각자 자신만의 방법으로 침팬지로부터 인간을 추출해낸다.

생화학자인 나의 작업 또한 동일한 맥락 위에 있다. 죽은 아기 침팬지의 몸속에 있던 분자들이 나의 체내에도 똑같이 존재한다. 인간의 감정만이 고유하고도 신성한 방식으로 동작하리라는 환상은 생화학의 불길한 가마솥 속으로 녹아 사라진 지 오래다. 같은 조건에 놓인 분자는 언제나 같은 방식으로 움직인다. 흐르고, 부딪히며, 연쇄반응을 일으킨다. 그러니 너무나 당연하게도, 침팬지의 마음이 곧 분자라면 인간의 마음 또한 그러하다. 노르에피네프린이 곧 인류이며 인류가 곧 세로토닌이다. 진정한 실험 대상은 죽은 침팬지가 아닌 살아 있는 인간의 마음이다.

마침내 카옘베 박사가 접시로부터 얼굴을 떼자, 테이블의 화제는 자연스레 인류학에서 영장류학으로 바뀐다. '절벽 파벌'과 '호수 파벌' 사이의 충돌에 대해서, 지금까지 모인 데이터와 그 해석에 대해서 이야기한다. 나의 생화학적 분석 결과도 이따금씩 거든다. 카옘베 박사는 뇌내 신경전달물질을 통한 접근이 퍽 마음에 든 눈치다.

"그러고 보니까 미나, 전에도 한동안 영장류 실험 해봤다고 얘기했었죠. 그때도 이런 연구였나요?"

잘 알려진 연구는 아니고, 영장류 연구에 온 경력을 바친 사람 앞에서는 더더욱 말하기가 부끄럽다. 목소리가 미세하게 떨린다.

"영장류 보호소에 한동안 있었어요. 많이는 아니어도, 그, 침팬지들이 오거든요. 영장류 동물실험 금지법 때문에 실험실에서도 오고, 밀수업자한테서 구출돼서도 오고. 갇혀 있어서 우울해지거나 폭력적이 된 개체를 주로 연구했죠."

"흥미로운데요. 여기 데이터랑 비교해보면 뭔가 의미 있는 게 나올 것도 같고요."

"그건 더 봐야 알겠지만요. 잘 아시겠지만 보호소에서 나온 결과를 바로 현장에 적용할 수는 없으니까요. 음, 다르게 보면, 좋은 기회라고 생각해요."

마지막 말에는 무의식중에 힘이 실린다. 침착하게 연구에 몰두하려 해도 감정은 온전히 통제할 수 있는 것이 아니다 세계에서 온 과학자들이 한 건물에 모여 있고, 이곳에서밖에 할 수 없는 실험이 있다. 좋은 기회다, 정말이지 완벽한 기회다.

"얼토당토않은 소리는 그만하시지!"

옆 테이블에서 누군가가 소리를 지르며 일어선다. 스푼이 땅에 떨어져 쨍그랑 구른다. 조금 더 차분하지만 노기를 숨기지 않는 또 하나의 목소리가 뒤를 따른다. 이쪽 테이블 모서리 쪽에 앉은 사람이다.

"당신을 공격한 게 아니에요, 르메르트 박사. 당신 모델의 결함을 지적한 거지. 지적을 좀 어른스럽게 받아들이는 게 어떻습니까?"

"어른스럽게 받아들여? 자기 의견을 못 받아들인다고 사흘 내

내 똑같은 소리만 늘어놓는 건 어른스러운 일이고? 절벽 파벌에 수컷 침팬지가 많은 것까지 인간 변수에 넣어야 한다는 생각이야말로 결함이야!"

"저는 그렇게 단정 지어 말한 적이……."

생태학자인 아라시야마 박사는 더 할 말이 있어 보이지만, 르메르트 박사는 듣지 않고 폭풍처럼 성을 내며 식당을 나간다. 르메르트 박사를 뒤쫓아 나가는 사람이 있고, 아라시야마 박사에게 다가가는 사람이 있지만, 대다수는 제자리에 앉아 수군거린다. 미스라 박사가 속삭인다.

"봤지? 하이드 씨 가설이야."

글쎄, 인류에게 내재된 폭력성을 탓하기에는 다른 변수도 많다. 이를테면 에어컨이 꺼져 있고, 그 전에도 갖가지 사고들이 일어났고, 그러다 보면 신경이 곤두서게 마련이다. 연구 방법론을 두고 진행되던 학술 논쟁이 고성과 폭언으로 끝을 맺는 경우가 점점 잦아진다. 각자의 연구 방향에 따라 어느 한쪽의 편을 들고, 상대편의 연구를 비난하고, 갈등이 봉합될 수 없는 지점을 넘어섰을 때 하나로 붙어 있었던 두 테이블이 갈라졌다. 인간의 전쟁이 침팬지의 전쟁을 만들었고, 침팬지의 전쟁이 다시 인간의 전쟁을 만든다. 니알루켐바의 침팬지 무리에서처럼 니알루켐바의 과학자 집단에도 파벌이 생겨났다.

알베르 르메르트 박사는 침팬지 사이의 충돌에 간섭하지 않고 관찰해야 한다는 이른바 '관찰 파벌'의 우두머리 수컷이다. 항상 싸움의 선두에 서 있지만 이해되는 일이기도 하다. 르메르트 박사의 진화생물학 연구를 위해서는 모델에 입력되는 변수에 인위적인 조작이 가해져서는 안 되니까. 인간이 개입해 침팬지들의 싸움을 말린다면 연구에 영향이 갈 수밖에 없다. 연구소에 상주하는 영장류학자 두 사람 역시 귀중한 관찰 기회를 최대한 활용하자는 입장이고, 방문 연구자들 중에도 여기에 찬동하는 사람이 절반은 된다.

내가 있는 테이블의 의견은 조금 다르다. '개입 파벌'은 침팬지가 위기에 처한 영장류라는 사실을 지적한다. 분쟁이 격해지도록 방치했다간 서식지를 잃고 이주한 개체들의 수가 크게 감소할 가능성이 있다. 구달이 기록한 곰베 침팬지 전쟁에서는 서른 마리 중 열한 마리가 목숨을 잃었다. 카옘베 박사는 사태가 더 심각해지기 전에 조치를 취하고 싶어 한다. 인간의 개입이 과연 전쟁을 멈출 수 있을지 궁금해하는 연구자들 또한 카옘베 박사의 주장에 찬성한다.

침팬지를 연구하는 시각은 곧 인간을 보는 시각이다. 어쩌면 두 파벌 사이의 간극은 인간의 잔혹성에 대한 의견 차이를 반영하는지도 모르겠다는 생각이 문득 떠오른다. 인간은 전쟁을 멈출 수 있을까? 끊임없는 살육은 진화 과정에서 자연스레 도달한 합리적 해답인가, 아니면 불안정하고 유해하며 개선 가능한 증상인가? 다시 목소리를 높이는 아라시야마 박사의 얼굴이 아기 침팬지 윌리로, 117번 발굴장소에 묻힌 유해로, 숲을 불태우는 반군으로 바뀌어 보인다. 시간과 공간을 초월하여 동일한 메커니즘으로 반응하는 동일한 분자들의 모습이 보인다. 마음은 곧 분자이니 전쟁이란 일종의 화학반응이고 춤추는 화학물질의 환상은 멈추지 않는다. 카옘베 박사의 나지막한 목소리가 환영 사이로 흘러 들어온다.

"슬슬 정리하고 일어나죠, 미나. 에시타는 오늘 설거지 당번인 거 잊지 말아요."

전쟁의 참화도, 미스라 박사의 과장된 신음도 테이블 위에 남겨둔 채 발걸음은 숙소 쪽을 향한다. 창밖의 어둠 내린 정글이 불길처럼 흔들린다. 깊은 숲속에서는 여전히 분자 몇 개가 용맹한 전사의 창끝처럼 번뜩이고 있다.

뜨거운 물이 화학약품과 향신료 냄새를 씻어 내린다. 샤워를 마친 몸에서는 인공적인 꽃과 과일의 향기가 난다. 밤이 되어도 연구소는 잠들지 않는다. 머리의 물기가 증발하고 알약이 혈류 속으로 녹아드는 동안 오늘 얻어진 데이터가 다시 한번 점검된다. 연구는 순조롭지만 한편으론 지지부진하다. 돌파구가 필요한 시점이다. 진행을 획기적으로 앞당길 좋은 방법이 없을까? 세 시간 동안의 고민은 별다른 소득 없이 끝난다. 이럴 때 필요한 건 자극이다. 지친 신경세포를 깨울 전류의 번뜩임이다.

동료 연구자와 시간을 보내는 일만큼 좋은 정신적 자극은 없다. 카옘베 박사는 불쑥 찾아온 불청객을 언제나 반갑게 맞이해 준다. 침대에 앉으면 한눈에 들어오는 방 안은 평소와 다름없이 아찔하도록 어지럽다. 한쪽 벽면을 전부 차지한 책장에는 관찰 내용을 기록한 노트가 빼곡하고, 책상 위의 노트북 화면에는 오늘 정글에서 찍어 왔을 영상이 흘러간다. 수풀 속으로 뛰어 사라지는 침팬지를 바라보며 카옘베 박사가 말한다.

"콜리어가 겁에 질린 게 보이나요? 원래는 호기심이 많은 개체예요. 바닥에 뭘 떨어뜨리면 바로 주워 가죠. 사람을 만나면 멈춰 서서 관찰하곤 했는데, 최근에는 일단 도망을 쳐요."

"꼭 트라우마 반응 같네요."

"저도 그렇게 생각해요. 니알루켐바의 침팬지들은 폭력만 보이는 게 아니에요. 우울과 불안 징후는 폭력에 비해서 잘 드러나지 않으니 간과하기 쉽지만, 어쩌면 더 심각한 문제인지도 모르죠. 직접 싸움에 참여하지 않는 개체들한테도 만연해 있으니까요."

나지막이 말하는 얼굴에 그림자가 드리운다. 우울과 불안은 화면 속에만, 정글 깊숙한 곳에만 머무르지 않는다. 높은 지능과 감정을 가진 영장류 종의 개체들이 고통에 신음하는 모습을 3년 동안 그저 관찰할 수밖에 없었던 영장류학자의 뇌 속에서도 비슷한 반응은 일어날 수 있다. 카옘베 박사에게도 돌파구가, 자극이 절실하다. 그래서 툭하면 방으로 찾아오는 나를 매번 환영하는 것이겠지. 한 달 동안 벌써 몇 번이나 밤이 깊도록 침대에 나란히 앉아 이야기를 나누었다. 오늘도 마찬가지다. 카옘베 박사의 시선이 조심스레 입을 여는 내게로 향한다.

"전부 연결되어 있어요. 공격성과, 우울과 불안은."

"더 자세한 설명 부탁드려요, 미나."

"세로토닌이에요. 낮은 세로토닌 농도가 세 가지 감정과 전부 연관된다는 연구 결과들이 있어요. 사회성 결여, 약물이나 도박 중독, 위험을 간과하는 충동적 성향, 전부 마찬가지죠."

고작 하룻밤 만에 세로토닌의 모든 생화학적 역할을 설명할 수는 없다. 구조는 복잡하기보단 오히려 단순하지만, 구토 반응에서부터 뼈의 성장까지 정말로 모든 곳에 이 작은 분자가 고개를 들이민다. 특히 성격이나 감정 요인을 세로토닌 농도와 연관 지은 연구 결과는 셀 수 없이 많다. 그렇기에 카옘베 박사의 다음 질문은 예상 가능하다.

"그럼 만일 세로토닌 농도를 높이면……."

"다들 그게 해답이라고 생각하던 시기가 있긴 했지요."

현실은 그렇게 간단하지가 않다. 세로토닌의 농도를 올려주는 선택적 세로토닌 재흡수 억제제는 여전히 가장 인기 좋은 우울증 치료약이지만, 정확한 메커니즘에 대해서는 의견이 갈린 지 오래다. 어째서 세로토닌 농도는 약을 먹은 즉시 올라가지만 약효는 뒤늦게 나타나는가? 어떤 우울증 환자에게는 재흡수 억제제가 효력을 보이지 않는 이유가 무엇인가? 농도만으로는 모든 것을 설명할 수 없다. 세로토닌은 열쇠고, 이 열쇠를 꽂아 돌려서 작동시킬 수 있는 수용체가 알려진 것만 열네 종류나 있다. 작동의 비밀을 풀기 위해서는 열쇠와 열쇠 구멍을 전부 뜯어보아야 한다.

"수용체가 세로토닌과 결합하면 세포에 신호가 보내지고, 그 신호가 연쇄적으로 전달되면서 체내에서 일어나는 작용을 결정해요. 그 과정을 알아내는 게 항상 문제죠. 이를테면 인간의 정서에는 5-HT1A 수용체가 관여하는 게 확실하지만, 다른 수용체도 복합적으로 연결돼 있단 증거가 있어요. 제 연구 주제는 5-HT1E 수용체도 그렇게 연결돼 있는지 확인하는 거였고요."

1989년 발견된 이래 5-HT1E 수용체는 줄곧 수수께끼의 열쇠 구멍으로 남아 있었다. 인간의 뇌 곳곳에 박힌 걸 보니 분명히 무슨 역할이 있을 텐데, 그 기능이 무엇인지 아무도 알아내지 못한 것이다. 두 가지 이유 때문이다. 첫째, 가장 많이 쓰이는 실험동물인 쥐에게는 5-HT1E 수용체가 없다. 둘째, 다른 열쇠 구멍은 건드리지 않고 이 수용체에만 작용하는 물질이 오래도록 발견되지 않아 정확한 연구를 할 수가 없었다. 그래도 과학은 발전한다. 내 본격적인 연구자로서의 삶이 시작된 실험실은 김종현 교수가 두 번째 문제를 해결한 곳이었다. 이론 이야기에 개인적인 경험이 섞여 들기 시작한다. 카옘베 박사가 고개를 가까이 기울인다.

"몇 가지 물질이 성공적으로 합성됐어요. 세로토닌보다 훨씬 활발히 결합해서 강한 신호를 유도하는 작용제, 반대로 수용체 작동을 잠시 막아버리는 길항제, 그런 것들이 있으면 기능을 연구할 수 있죠. 쥐 대신 기니피그를 써야 했지만요."

"그래서 연구 결과는요? 기능을 알아냈나요?"

"잘됐으면 연구실에 계속 있었겠죠. 영장류 센터로 가는 일 없이."

두 연구자가 동시에 짧은 탄식을 토한다. 과거의 실패한 연구 이야기만큼 강렬한 공감을 유도하는 화제가 있을까. 5-HT1E 수용체는 기억을 담당하는 해마와 후각구는 물론이고 정서를 관장하는 편도체에도 적지 않은 수가 존재하니, 분명 감정 변화에도 밀접하게 연관되어 있으리라는 것이 연구팀의 가설이었다. 기니피그 실험은 얼핏 그 결과를 뒷받침하는 듯 보였다. 길항제를 주어 수용체 기능을 저해하면 기니피그는 더 쉽게 불안해하고, 먹이 앞에서 더욱 격렬하게 싸우며, 전반적인 호르몬 농도가 바뀐다. 극적이지는 않았지만 분명한 변화다. 이때 작용제를 투여하면 상태는 곧 원래대로 돌아간다. 불안장애나 공격성 치료에 응용 가능할지도 모를 결과였다. 우울증 치료에 효과라도 있다면 어마어마한 업적이 된다. 아무리 선진국이라도 우울증이 줄어들 기미는 보이지 않으니까. 거대한 시장이니까. 하지만 대성공의 화려한 꿈에서 깨어나기까지는 오랜 시간이 걸리지 않았다.

'극적이지는 않은' 변화가 너무 극적이지 못했던 것이 문제다. 굳이 작용제를 투여하지 않아도 불안하지 않은 기니피그와 함께 있으면, 혹은 기니피그 우리라도 근처에 있으면 길항제의 효과는 곧 사라진다는 사실이 밝혀졌다. 5-HT1E 수용체의 기능이 저하되어 생기는 불안감은 기껏해야 친구와 같이 놀면 사라지는 수준이었던 것이다. 수수께끼에 싸여 있던 기능은 알고 보니 고작 보조적인 역할. 불안 빈도나 폭력의 세기에 연관되어 있을 뿐, 그런 감정을 불러일으키는 결정적인 작용은 하지 않는다. 새로운 정신 질환 치료제 개발의 기회를 노리는 제약회사의 연구비 지원을 받아내기엔 턱없이 부족한 결과였다.

"더 실험해보고 싶었어요. 5-HT1E 수용체의 기능에 대한 다른 가설도 있었죠. 하지만 여건이 되지 않았어요. 당장 우울증 치료에 효과가 있을 법한 연구가 아니니까."

결국 이런 마무리다. 과학자들의 노력이 항상 결실을 맺는 것은 아니며, 연구가 매번 계획대로 진행되리라는 법도 없다. 그러니 물론 공격성과 우울과 불안의 복잡하기 그지없는 생화학적 메커니즘을 하룻밤 만에 전부 깨달을 수도 없다. 카옘베 박사도 그 정도는 알고 있다. 이야기를 듣다가 '유레카!' 하며 번뜩이는 돌파법이 떠오르기를 바라고서 나를 맞이한 것이 아니다. 필요한 것은 정신을 환기할 수 있는 대화이고, 그다음에는 약간의 자극과 기분 전환이다. 박사의 몸이 점점 더 무너지듯 기울어온다. 이 방을 처음으로 찾았던 날 밤에도 그랬듯이. 낯선 타인의 피부가 손바닥 아래에서 부드럽게 미끄러진다. 반복되는 움직임에 힘이 실린다.

"이렇게 다리를 만져주면, 우울할 때 효과가 있어요. 세로토닌 분비가 촉진돼서."

"믿음이 안 가는걸요, 미나. 수작 부리는 거죠?"

"사실은 사실이에요. 동물 실험으로 증명된 결과죠."

단단한 팔이 몸을 감싼다. 미소가 번져가는 카옘베 박사의 입술이 이제 1센티미터도 떨어지지 않은 곳에 있다. 뜨거운 호흡이 방해 없이 그대로 느껴진다. 장난기 묻은 질문이 목 근처의 피부에 닿아 산산이 부서지듯 들려온다.

"무슨 동물인데요. 쥐? 아니면 기니피그?"

"메뚜기요."

"뭐예요, 그게."

박사는 웃음을 터뜨리고, 더 이상 누구도 말을 내뱉지 않는다. 조건이 갖춰지면 반응하는 두 물질처럼 그저 가능한 방향으로, 예정된 대로 동작할 뿐이다. 외부 자극을 가리지 않고 빨아들이려는 듯이 온 신체가 박동한다. 어느새 습기와 향수 냄새가 내 몸에도 배어 있다.

무의식의 저편에서 세로토닌 분자가 반짝이는 모습이 보인다. 아마도 메뚜기의 세로토닌일 것이다. 동시에 기니피그의 세로토닌이기도 하고, 또 침팬지와 나와 박사의 세로토닌이기도 하다. 어떤 종의 체내에 있든 세로토닌은 항상 같다. 언제나 같은 역할을 하는 것은 아니다. 말벌의 독액 속 세로토닌은 근육을 수축시켜 통증을 유발하기 위한 물질이다. 분비되는 메커니즘도 조금씩 다르다. 메뚜기의 경우엔 실제로 뒷다리에 가해지는 자극이 세로토닌 농도를 상승시킨다. 농담이었지만 거짓말은 아니다.

가뭄이 오면, 먹이가 남아 있는 좁은 지역에 많은 개체가 모이게 되면, 뒷다리가 서로 닿으며 끊임없이 문질러진다. 세로토닌이 메뚜기의 작은 신경계를 푹 절인다. 신호의 연쇄가 일어난다. 크기가 커지고, 녹색이었던 몸이 갈색으로 바뀌며, 혼자 살아가는 대신 동족들과 함께 몰려다니고 싶어진다. 날지 못하는 유충은 뒤에서 몰려오는 굶주린 친구들에게 잡아먹히지 않으려 나아가고 또 나아간다. 성충 역시 무리를 이뤄 먼 곳까지 날아간다. 먹이가 있는 곳을 찾아서, 전부 먹어치운 뒤에는 다음 장소로, 또 다음 장소로, 가뭄이 끝난 뒤에 찾아올 풍요의 날까지. 더는 먹이를 찾아 초조하게 몰려다닐 필요가 없어질 그날까지.

침팬지가 인류를 비추는 거울이라면, 침팬지와 동일한 분자를 품은 메뚜기 또한 거울일 수 있다. 무리를 이뤄 몰려다니는, 내일이면 모든 식량이 사라지기라도 할 것처럼 불안에 떨며 모든 가능한 자원을 먹어치우는, 동족에게 살해당하지 않기 위해 끊임없이 도망치는 종의 거울. 하플로그룹 분석 결과는 현생 인류가 대략 7만 년 전쯤 아프리카로부터 전 세계로 퍼져나갔다고 말한다. 그 전후 언젠가에 거대한 화산이 폭발하여 인류의 개체 수를 극단적으로 줄였을 거라 말하는 학자도 있다. 살아남은 인류가 무리 지어 고향을 떠나기 시작한다, 보이는 모든 동물을 사냥해 여섯 번째 대멸종의 시대를 연다, 동족끼리 싸우며 무수히 많은 비극을 낳는다, 그 모든 순간 속에 반짝이는 메뚜기의 세로토닌 분자가 보인다…….

자극과 환상으로부터 기발한 돌파구가 떠오르지는 않았지만, 적어도 다음 날이 되자 결심 하나는 확실히 선다. 더 과감한 방식으로 연구에 박차를 가할 때이다. 카옘베 박사는 정글 탐사에 동행시켜달라는 요청을 흔쾌히 승낙한다. 재킷도 빌려주고, 침팬지를 마주쳤을 때의 주의 사항도 말해준다.

"이곳의 야생 개체는 보호소에 있던 애들하곤 다를 거예요. 물론 기니피그하고도요. 예상치 못한 상황에 언제나 대비하세요."

어떤 연구에서든 통용되는 말이다. 꼼꼼한 준비에는 시간이 제법 걸려, 먼저 나가 기다리고 있던 카옘베 박사와 합류해서 출발할 즈음에는 이미 해가 뜨기 직전이다. 연구소 직원인 정글 가이드 세 사람도 동행한다. 손전등 불빛과 숙련된 가이드의 안내에 힘입어 침팬지들의 서식지가 점점 가까워진다. 다섯 사람을 둘러싼 야생이 깊은 잠에서 깨어나기 시작한다.

시료 분석 과정과 마찬가지로 침팬지 관찰 역시 지루한 기다림의 연속이다. 호수 파벌의 본거지에서 시스크는 누워 뒹굴고, 클레멘트는 아이에게 젖을 먹이며, 카옘베 박사는 그 모습 하나하나를 꼼꼼히 기록한다. 가이드의 손에 들린 카메라도 돌아가고 있다. 몇 시간을 그렇게 보낸 다음에는 자리를 옮긴다. 절벽 파벌의 영토까지 가는 길은 험하고, 기온이 점점 올라가자 땀이 비 오듯 흐른다. 팔 전체가 흙과 풀 냄새로 뒤덮인다. 개미에게 물어뜯긴 다리가 따끔거린다.

"쉿! 다들 멈춰봐요."

카옘베 박사가 먼 나무 사이를 응시하며 속삭인다. 이윽고 침팬지 두 마리가 어기적거리며 걸어 나온다. 가이드인 라울의 말에 따르면 윈터스와 콜비다. 둘 다 절벽 파벌이지만 이곳은 아직 호수 파벌의 영토. 이윽고 반대편에서도 다른 침팬지 하나가 모습을 드러낸다. 다리가 부러진 듯 비틀거리며 걷는 개체다.

"말라키잖아요! 어제 입은 부상이 안 나은 것 같은데……. 키술라, 찍고 있나요? 라울은 미나를 부탁해요."

두 파벌의 침팬지들이 서로를 향해 다가간다. 절벽 파벌 쪽의 몸짓은 당당하기 그지없다. 말라키는 잔뜩 긴장한 모습이지만, 그래도 물러서지 않고 이를 드러내며 크르릉거린다. 먼저 달려드는 것은 콜비다. 그런데 그 순간 심상찮은 기색이 곳곳의 수풀에서 바스락거린다. 하나, 둘, 셋, 네 마리의 침팬지가 일시에 튀어나온다. 이어지는 것은 침입자를 겨냥한 무자비하고 처절한 폭력이다. 고함과 이빨과 주먹과 발길질이다.

"아, 콜비, 콜비, 기습에 당했어요. 어제 싸움에서 이겼으니까, 여기까지 자기 영토라고 생각해서 너무 깊이 들어온 거예요. 윈터스는 벌써 도망갔고요. 콜비를 이대로 보내줄 생각이…… 없어 보이네요. 세상에. 안 돼."

성난 울음소리 속으로 비명이 파묻혀 사라져간다. 얻어맞을 때마다 축 늘어진 팔이 덜렁덜렁 흔들린다. 침팬지가 침팬지를 죽이는 행동, 동족 살해의 순간, 전투, 가장 격렬하고 극단적인 화학반응이 짧은 영원과도 같이 지나간다. 전사의 시체와 충격에 빠진 종군기자만을 전장에 남겨두고서.

"도저히 익숙해지지가 않아요."

나무 그늘에 기대 쉬는 카옘베 박사의 얼굴에는 핏기가 없다. 콜비의 시체로부터 혈액과 뇌척수액 샘플이 뽑혀나가는 동안 제대로 쳐다보지도 못하고 고개를 젓는다. 그 제인 구달조차 침팬지 전쟁을 관측한 뒤 유인원 사탄이 등장하는 악몽에 시달렸다는 사실이 떠오른다. 인간과 너무나도 닮은 종의 일원들이 동족의 목숨을 앗아 가기 위해 싸우는 광경은 너무나도 선명한 거울이다. 니알루캠바의 거울 너머에서 우리는 세계대전의 으스스한 망령을 본다. 박사의 떨리는 목소리가 이어진다.

"몇 년 동안 살롱가에서 보노보를 연구한 적이 있어요. 그때는 적어도 이런 일은 없었는데. 물론 싸우기도 하고, 폭력을 전혀 못 쓰는 것도 아니지만, 적어도 서로 죽이려 들지는 않았다고요."

침팬지의 가장 가까운 친척인 보노보는 평화롭기로 유명한 동물이다. 약 200만 년 전 콩고강이 형성되어 서식지가 나뉜 이래, 침팬지는 폭력을 선택했지만 보노보는 성적 접촉을 통해 갈등을 해소하도록 진화되어왔다. 침팬지에 비해 뇌의 편도체가 더욱 발달했다는 사실도 높은 사회성을 뒷받침한다. 하지만 보노보가 언제나 더 평화롭다고 단정할 수는 없다. 어쩌면 그저 풍족하고 위협이 적은 분지에 서식하기 때문에 싸울 일이 없을 뿐 아닐까? 환경의 영향은 절대적이다. 생명체의 모든 행위는 환경에 적응하기 위해 이루어진다.

"침팬지만큼 폭력적인 보노보를 봤어요. 보호소에 있을 때."

"학대당한 개체였나요?"

"어느 마약상이 애완용으로 사들여서는, 세 마리를 같은 우리에 넣고 밥도 제대로 주지 않았대요. 가까이 다가가기도 힘들 정도로 심하게 불안해하는 상태였죠. 그래서 특별히 실험 허가가 났어요. 제일 증세가 심한 개체한테 실험적인 항우울제를 투여해볼 수 있도록."

거짓말이다. 지금도, 그리고 당시에도. 불안해하는 보노보의 혈액검사 결과, 전반적인 호르몬 농도가 5-HT1E 기능이 억제된 기니피그를 연상케 했다. 제대로 결론지어지지 못한 예전 연구의 미련이 생각보다 훨씬 강하게 남아 있었다. 그리고 그 누구도 서류상의 이상한 점이나 뒤바뀐 약을 눈치채지 못했다.

"효과가 있었어요. 금방 안정됐죠. 한 마리가 괜찮아지니까, 다른 두 마리도 얼마 지나지 않아서 폭력을 멈췄고요."

카옘베 박사가 긴 안도의 한숨을 내쉰다. 다행스러운 결말이지만, 이것이 이야기의 전부는 아니다. 규정을 어겨 몰래 진행된 실험이니만큼 자세한 결과는 내 머릿속에만 기록되어야 한다. 약이 투여된 보노보가 우리로 되돌아가자 다른 둘이 슬그머니 다가와 끌어안았다는 사실도, 이윽고 세 개체의 호르몬 수치가 모두 안정 상태로 되돌아갔다는 사실도, 실험 이후부터 보노보 우리의 냄새가 뒤바뀌었다는 사실도. 그 냄새야말로 깨달음이었다. '유레카!'였다. 수용체 길항제의 영향으로 불안해진 기니피그들이 동족을 만나자 바로 안정되었던 실망스러운 실험 결과가 떠올랐다. 전혀 실망스러운 결과가 아니었다. 인간의 눈이 기체 분자를 볼 수만 있었더라도 진작 밝혀졌을 텐데.

실험 결과는 명확했다. 5-HT1E 수용체가 작동하면 몸에서 나는 냄새가 바뀐다. 수용체 기능이 저해되어 있는 개체가 그 냄새를 맡으면 상태가 원래대로 회복된다. 그러니까 기니피그 실험에서 관측된 것은 '친구와 같이 놀면 사라지는 수준의 가벼운 불안'이 아니었던 것이다. 필요한 것은 자신과는 달리 안심하고 있는 동족의 냄새. 그리고 그런 동족이 있다는 말은, 즉 주변에

풍족하고 위협이 적은 서식지가 있다는 뜻. 따라서 5-HT1E 수용체의 역할은 보조적인 수준에 그치는 것이 아니다. 지금이 위기 상황인지 아닌지, 안심해도 좋을지 아닐지를 결정하는 스위치다. 다음 가설, 다음 가설이 끊임없이 나타난다. 연구는 계속되어야 한다. 오로지 그 생각이 나를 이곳 니알루켐바로 이끌었다. 원하는 연구 환경이 갖추어진 곳으로. 기회의 전장으로.

"아무튼, 제 말은, 어떻게든 이 전쟁도 진정시킬 방법이 있을 거라고 생각해요. 반대하는 사람도 있겠죠. 설득해야 할 테고요. 그래도 불가능하진 않아요."

"고마워요, 미나. 좀 기운이 나네요."

박사가 미소를 지으면서 몸을 일으킨다. 이제는 연구소로 돌아갈 시간이다. 충격적이지만 귀중한 사건을 성공적으로 관찰했으며, 샘플도 더 얻었고, 무엇보다 박사와 이야기를 나누는 동안 연구를 진전시킬 괜찮은 아이디어도 하나 만들어졌다. 돌아가는 길에도 카옘베 박사의 눈과 가이드 키술라의 카메라는 멈추는 일 없이 마주치는 침팬지를 기록한다. 생화학자 미나의 뇌는 그 사이에서 조용히 실험 계획을 세우고 있다.

정글로부터 해방되어 겨우 연구소에 도착하니 분위기가 좋지 않다. 재난이라도 휩쓸고 지나간 듯 연구자들의 얼굴에 피곤한 기색이 역력하다. 근처에서 개코원숭이를 관찰하던 아라시야마 박사에게 물어보니, 완전히 질렸다는 표정으로 이런 대답을 돌려준다.

"누구 때문이겠습니까? 르메르트 박사가 아침부터 소란스러웠으니 그렇죠. 여기 오기 전에 공예품 상점에서 산 목걸이가 있는데, 자는 동안에 그걸 누가 훔쳐 갔다면서 말이에요. 누가 그런 싸구려를 훔쳐 간다고 그 난리인지는 모르겠지만 말입니다."

카옘베 박사가 머리를 감싸 쥔다. 저녁 식사 시간 이후에는 주간 모임이 있다. 일주일 동안 얻은 데이터나 연구 성과에 대해 자유롭게 발표하고 의견을 듣는 자리다. 처음에는 부담 없이 시작되었지만 파벌이 생겨난 지금에 와선 그야말로 격전지. 목걸이 일로 그렇잖아도 화가 나 있을 르메르트 박사도 물론 참전할 테니, '개입 파벌' 입장에서는 걱정이 안 될 수가 없다. 폭약을 쌓아 놓고 불꽃놀이를 하는 격이다.

설령 그렇다 하더라도 적전 도주는 용서받을 수 없는 일. 시간이 되자 세미나실에는 어김없이 연구자들이 모여들고, 한 사람이 앞으로 나와 발표를 시작할 때마다 긴장감이 눈에 보일 듯 팽팽하게 공기를 가로지른다. 똑, 딱, 똑, 딱, 폭탄은 바로 터지지 않는다. 미스라 박사는 평소보다 말이 적고, 아라시야마 박사도 정글 생태계에 미친 인간의 영향에 대해 이전처럼 강변하지 못한다. 르메르트 박사는 맨 앞자리에 앉은 채, 누구라도 걸리면 화풀이로 물어뜯어주겠다는 듯 이를 갈고 있다. 포식자처럼, 시한폭탄처럼, 똑, 딱, 똑, 딱, 그리고 내 차례가 된다. 시작은 시료 분석 결과, 이런저런 숫자, 특별히 주목할 만한 부분들, 이어서 미리 준비해둔 제안 한 가지.

"……말씀드린 바와 같이, 이곳 침팬지들의 체내 신경전달물질 농도는 정상 수치와 비교했을 때 작지만 유의미한 차이가 있습니다. 이러한 차이는 스트레스 상황하의 다른 포유동물에서 관측되는 것과도 유사합니다. 신경전달물질의 농도 변화가 침팬지들의 행동에 실제로 얼마만큼 영향을 끼치는지 알아보기 위해, 더욱 대규모의 실험을 시작할 수 있었으면 합니다."

시선이 집중된다. 긴장과 흥분의 분자들이 혈류를 타고 흐른다. 르메르트 박사가 자세를 바로잡는다. 목소리가 가볍게 떨리지만 멈추지는 않는다. 효과가 있을 것이다. 연구가 크게 진전될 것이다.

"사육 영장류의 이상행동에 항우울제 투여가 효과를 보였다는 연구 결과가 있지만, 야생 개체 및 개체군을 대상으로 한 실험은 아직 이루어진 바가 없습니다. 만일 니알루켐바의 침팬지들에게 적절한 항우울제를 제공하여 그 행동과 신경전달물질 농도의 변동을 관측할 수 있다면, 신경계의 생화학적 요소들이 야생 상태에서 침팬지 개체, 나아가 집단의 행동 양태에 어떠한 영향을 끼치는지 알아낼 수 있을 것입니다."

"하, 어이가 없네! 지금 침팬지한테 약을 먹이겠다고?"

예상했던 사람으로부터 예상 그대로의 반응이 나온다. 몸은 앞으로 기울어지고 숨소리는 거세진다. 얇은 가죽 아래에서 으르렁거리는 윈터스와 콜비의 얼굴이 보인다. 대단히 위협적이지만 발표를 멈출 수는 없다.

"서식지 곳곳에 먹이 부족 상황을 대비한 사료 배급소가 설치되어 있다고 들었습니다. 항우울제를 가루 내서 사료에 적정 비율로 섞으면, 침팬지들과 접촉하는 일 없이 안전하게 약을 투여할 수 있으리라 생각합니다."

"그러니까 약을 주겠다는 발상 자체가 문제야! 야생 침팬지의 행동을 관찰할 수 있는 귀중한 기회인데, 기껏 한다는 소리가 항우울제를 먹이겠다고? 데이터를 쓰레기통에 처박는 짓이지!"

"아뇨, 전쟁을 끝낼 수 있는 일이죠. 이미 3년 동안의 관측 데이터가 쌓여 있고, 더 이상의 개체 수 감소는 집단의 존속에도 해를 끼칩니다. 박사님의 모델 속 침팬지가 실제의 침팬지보다 더 중요하다고 생각하시는 건 아니겠죠? 한 번이라도 동족 살해 현장을 직접 보신 적은 있으신지요? 아, 혹시 아침의 네이팜 냄새를 좋아하시나요?"

노골적으로 비아냥거리는 소리를 르메르트 박사는 참고 들어주지 않는다. 알아들을 수 없는 말을 내뱉으며 책상을 박차다시피 뛰쳐나온다. 다리가 떨리고 심장이 고동친다. 하지만 르메르트 박사처럼 나의 내면에도 야생 침팬지가 있다. 같은 분자들이 있다. 마음을 이루는 분자들이 결합하여 말라키의 모습을 그린다. 적이 코앞까지 다가와도 말라키는 물러서지 않는다. 눈을 부릅뜬 채 버티고 선다.

"르메르트 박사! 그만하게!"

동물행동학자 월러드 박사가 목소리를 높인다. 하지만 남극기지에서 연구팀 리더 역할을 했던 베테랑의 외침도 분노를 잠재우기에는 역부족이다. 황급히 몇 사람이 달려 나와 르메르트 박사를 뜯어말린다. 욕설과 고함과 주먹과 발길질이 이어진다. HIV 연구자인 와프와나 박사가 주먹에 정통으로 맞아 나동그라지고 나서야 비로소 난투극이 끝난다. 숨을 몰아쉬는 사람, 충격을 받은 사람, 여전히 분노에 휩싸인 사람, 쓰러진 사람이 눈에 들어온다. 전쟁 이후의 폐허가 보인다.

"미나 씨, 도대체 왜 그랬어?"

미스라 박사가 믿을 수 없다는 얼굴로 묻는다. 글쎄, 이유가 무엇일까? 연구소와 정글과 온 세상에서는 어째서 전쟁이 일어나는 것일까? 시선을 피해 방으로 돌아가는 발걸음은 다급하고, 내

닫을 때마다 조금씩 어긋난다. 긴장이 풀리자 힘이 빠져나간다. 말라키의 형상이 무너져 분자의 구름으로 되돌아간다. 그 아래에 숨겨진 만족스러운 미소를 들키기에는 아직 이르다. 연구는 예상대로 큰 진전을 이루었고 실험은 준비되었다. 모든 전쟁을 끝내기 위한 실험이.

연구 과정에는 하나같이 돌이킬 수 없는 결정의 순간이 있다. 모든 자료 조사와 토론과 고통과 고뇌가 그 한순간을 위해 존재한다. 상황을 지켜볼 것인가, 진행할 것인가, 기다릴 것인가, 스위치를 누를 것인가. 한번 스위치가 눌리면 멈출 수 없는 연쇄반응이 일어나고 연구자는 자리에 앉아 그저 심판을 기다리는 수밖에 없다. 책상에 놓인 약병이 손짓하고, 트렁크 깊숙한 곳에서 방금 꺼낸 다른 약병도 유혹하듯 눈을 깜박인다. 모든 변수가 몇 번씩 재점검된다. 약병을 열던 손이 멈췄다가, 움직였다가, 다시 멈추기를 반복한다. 시간이 무의미하게 지나간다. 어쩌면 아직 결정의 순간이 아닐지도 모른다.

"미나, 문 좀 열어봐요."

전혀 예기치 못한 목소리에 사고가 현실로 튕겨 나온다. 카옘베 박사가 방에 찾아오는 일은 드물다. 이야기를 나누고 싶은 걸까? 아니면 세미나실에서 있었던 일 때문일까? 하지만 박사의 얼굴에는 지금껏 보인 적 없는 감정도 복잡하게 섞여 있다. 천천히 걸어 들어와 책상에 노트북을 내려놓는 몸동작이 경련하듯 머뭇거린다. 무슨 일을 하려는지 전혀 예측이 되지 않는다.

"오늘 탐사 때 찍은 영상이에요. 돌아오는 길에 마주친 침팬지들 기억하나요?"

노트북 화면 속 영상은 익숙하다. 기억 속 광경 그대로니까. 매일 밤마다 영상을 다시 보면서 놓친 부분, 흥미로운 부분을 기록하는 것도 박사의 일과다. 하지만 연구소로 돌아오는 동안엔 특별한 일이 없었는데? 침팬지가 길을 가로지르는 부분에서 박사가 영상을 멈춘다.

"콜리어예요. 전에 말했듯이 호기심이 많아서, 바닥에 떨어진 물건을 항상 주워 가죠."

박사가 영상을 확대한다. 호기심 많은 침팬지 콜리어의 오른쪽 손이 화면을 가득 채운다. 검고 억센 손가락은 무언가를 꼭 쥐고 있다. 끈에 꿰여 매달린 정교한 돌 조각이다. 이 지역의 기념품 상점에서 파는 목걸이다.

"르메르트 박사가 잃어버렸다는 목걸이가 저것 아닌가요?"

차가운 당혹감이 혈관을 따라 순식간에 퍼진다. 뇌가 얼어붙는다. 박사가 내뱉는 한 마디 한 마디가 화살촉처럼 살을 파고든다. 고통을 유발하는 그 어떤 화학물질이라 하더라도 미처 고려하지 못한 변수만큼 강렬한 효과를 발휘하지는 못한다.

“연구소 근처는 개코원숭이 영역이고, 침팬지는 잘 접근하지 않아요. 그러니 이 근처에 떨어진 걸 침팬지가 가져갔을 리는 없어요. 동행한 가이드 세 사람은 줄곧 숙소에 있었다는 걸 확인했고요. 하지만 미나, 당신은 출발 준비를 하느라 우리보다 늦게 나왔죠. 정말로 준비가 늦은 건가요, 아니면 다른 할 일이 있었나요? 대답해요, 르메르트 박사의 목걸이를 훔쳐서 정글에 버린 건 당신인가요?”

예리하기도 하지. 정말이지 연구란 계획대로 진행되는 법이 없다. 하필 이 시점에, 결행 여부가 정해지기 직전에 이토록 위험천만한 변수라니. 사실이 알려지면 애써 조성해놓은 모든 실험 조건이 틀어질 수 있다. 다시 계산하고 다시 준비할 기회가 영영 오지 않을지도 모른다. 위기 상황을 감지한 분자들이 수억 마리의 메뚜기 떼처럼 요동친다. 가장 극단적인 방법을 속삭이기 시작한다. 카옘베 박사를 비춘 거울 속에서는 콜비가 호수 파벌의 침팬지들에게 무참히 짓밟히고 있다. 피와 폭력으로부터, 눈앞을 가로막은 적으로부터 시선이 떨어지지 않는다. 하지만 그 시선 속에서, 적의 얼굴에서 냉정한 분노가 사그라지는 모습이 보인다. 카옘베 박사의 굳어 있던 입가가 무너져 내린다.

"어째서…… 어째서 이렇게나 힘들게 하는 건가요?"

거울이 흐려진다. 분자의 운동 방식이 바뀐다. 꽉 쥐었던 주먹이 어느새 풀린다.

"이런저런 사고도 일어났고, 짜증 나는 일도 있었고, 의견도 갈렸고, 그러니까 갈등이 일어날 수도 있고 싸울 수도 있어요. 이해해요. 하지만 다들 이럴 것까진 없잖아요. 아무리 마음에 안 들어도 그렇지, 서로 괴롭히고 주먹을 쓰고, 그렇게까지 해야 할 일은 아니라고요……."

거울에는 이제 나 자신의 모습이, 117번 발굴장소의 유해에 창을 찌르려는 전사의 모습이 비친다. 카옘베 박사의 말이 맞는다. 이렇게까지 할 필요는 없다. 준비 과정은 마무리되었고 영장류에게 더 이상의 불필요한 고통을 주어서는 안 된다. 유인원을 대상으로 한 실험이 금지되고 실험동물들이 보호소로 옮겨졌듯이, 극단적이고 잔인한 실험은 이제 끝나야 한다.

"죄송해요, 박사님."

전사가 창을 거둔다. 힘겹게 떨어지는 목소리에는 물기가 어려 있다. 실험의 목적이 무엇인지를 생각한다. 이 연구는 전쟁을 관찰하기 위한 것이 아니다. 카옘베 박사의 고통을 관찰하기 위한 것이 아니다. 고통을 끝내기 위한 것이다.

"제가, 어떻게든 해결할게요."

카옘베 박사는 호소하듯 한동안 이쪽을 쳐다보다가, 이내 비틀거리며 방을 나선다. 그 지친 뒷모습으로부터 드디어 결정이 내려진다. 내 손에는 트렁크에서 꺼낸 약병이 들려 있다. 알약이 목을 따라 내려간다. 심판의 날이 왔으니 이제 뒷일은 분자가 알아서 할 것이다.

침대에 가만히 앉은 뇌 속에서 멍하니 기억의 파편들이 떠오른다. 기억은 분자다. 분자들의 결합이 과거의 나 자신을, 영장류 연구실의 사무실에서 가설을 쓰고 또 쓰는 생화학자의 모습을 그린다. 5-HT1E 수용체의 이미지가 눈앞의 허공에서 천천히 회전한다. 수용체는 안전과 위기를 판정하는 스위치다. 스위치가 꺼진다고 곧바로 끝없는 불안감에 사로잡히거나 화가 치솟지는 않는다. 단지 위기에 대비하여 마음의 준비가 이루어질 뿐. 수단 방법을 가리지 않도록, 언제나 긴장하도록, 평소에는 생각도 하지 않을 극단적인 행위조차 필요하다면 할 수 있도록. 그래서 기니피그는 먹이를 두고 더욱 격렬하게 싸웠으리라. 그렇다면 보노보는? 수용체 기능이 저해된 보노보는 침팬지처럼, 동족이라 해도 잔혹하게 죽이는 친척처럼 바뀌었다. 침팬지와 보노보의 성격 차이를 5-HT1E 수용체의 작용으로 설명할 수 있을까? 가설은 증명되어야 한다.

유전학 연구에 따르면 침팬지라는 종은 지금껏 적어도 두 번 이상 큰 위기를 겪었다. 개체 수가 크게 감소했던 적이 있다. 만일 거대한 위기를 겪으며 개체 수가 너무 줄어서, 수용체가 제대로 작동하는 개체가 단 하나도 남지 않는다면 어떻게 될까? 안심한 동족의 냄새는 이제 없다. 스위치는 결코 다시 켜지지 않는다. 모든 개체가 그저 끊임없이 위기를 대비하며, 극단적인 행동을 서슴지 않으며 살아간다. 그런 상황이 200만 년 동안 지속되면 뇌 구조마저 바뀔 것이다. 분자들이 내 가설을 뒷받침했다. 수용체 기능이 저하된 보노보의 혈중 호르몬 농도는 데이터베이스에 등록된 침팬지 실험 결과와 놀랍도록 유사했다.

그리고 유사한 결과가 하나 더 있었다.

데이터베이스에서 침팬지 바로 위에 위치한 항목.

스위치가 꺼진 보노보의 마음은 인간과도 아주 비슷했다.

거울에 비친 내 모습이 보인다. 인간은 연구하기 용이한 종이다. 정글에 들어가야만 만날 수 있는 희귀 동물이 아니고, 원한다면 언제든지 실험 대상으로 삼을 수 있다. 스스로의 혈액이 스스로의 손에 의해 며칠에 걸쳐, 긴장했을 때와 화가 났을 때와 기분이 좋았을 때를 포함하여, 채취되고 또 분석되어, 여러 문헌상의 다른 혈액검사 결과와 면밀히 비교되었다. 인류의 개체 수도 침팬지와 마찬가지로 극단적으로 줄어든 적이 있으리라는 연구 결과 또한 확인되었다. 모든 것이 맞아떨어진다. 침팬지처럼 인류의 스위치도 줄곧 꺼져 있었던 것이다. 거울 속의 생화학자 미나는 털이 난 팔로 침팬지 윌리의 목을 조르고 있다. 핏발이 선 눈과 튀어나온 송곳니와 뇌 속을 흐르는 악의가 보인다. 하이드 씨의 모습이다. 구달의 악몽 속 사탄의 모습이다.

악은 분자다. 7만 년 동안 분자들이 사탄을 구성하였고 사탄은 분자들을 지배했다. 재난으로부터 살아남은 소수의 인류가 새로운 터전을 찾아 메뚜기 무리처럼 아프리카를 떠나기 시작했다. 필요하다면 얼마든지 폭력을 행사했다. 같은 인간을 무자비하게 죽이며 전쟁의 역사를 쉬지 않고 써 내려갔다. 117번 발굴장소로부터 세미나실에 이르기까지 단 하루도 싸움을 멈추지 않았다. 스위치가 꺼져 있었기 때문에, 안심시켜줄 동족이 모두 죽어 사라졌기 때문에. 하지만 고작해야 7만 년, 생명의 역사에서는 참으로 보잘것없는 시간. 늦지 않았다. 스위치는 다시 켜면 된다. 작용제가 뇌세포 속으로 퍼져간다. 거울 속 사탄이 빛 속으로 조금씩 녹아 사라진다. 7만 년 동안의 불안으로부터 해방되어, 안도의 미소를 지으며.

카옘베 박사의 방은 어둡고 조용하다. 침대에 누운 박사의 몸이 숨소리에 맞춰 떨린다. 이곳에 도달하기 위해 이루어진 수많은 준비 과정이 차례로 눈앞을 지나간다. 첫 실험 대상은 나 자신이었다. 처음으로 작용제가 몸에 퍼졌을 때의 터무니없는 안도의 목소리가 기억난다. 다 잘될 거야, 모든 게 해결될 거야, 이제 안전해, 싸울 필요 없어, 그런 말로는 설명할 수 없는 어마어마한 안도감……. 하지만 그때는 오래가지 못했다. 미리 준비된 대로, 몇십 분 늦게 복용한 길항제가 실로 오랜만에 켜진 스위치를 다시 내렸다. 실험 대상 하나만으로는 정확히 알 수 없으니까, 더 큰 규모의 연구가 진행되어야 하니까. 되돌아온 불안과 폭력의 세계에서 사탄의 정신이 후속 실험을 준비했다.

스위치를 켜면 과연 인간의 행동도 보노보처럼 극적으로 바뀔까? 확인을 위해선 고립된 실험 환경, 그리고 무엇보다 갈등과 폭력이 필요하다. 암 치료를 위해 암 걸린 쥐를 창조해내듯, 갈등을 가시적인 형태로 고조시켜 관측 가능하도록 만들어야 한다. 니알루켐바는 완벽한 무대다. 과학자들은 고립되어 있고 갈등의 씨앗은 어디에나 있다. 카옘베 박사의 눈썰미는 예상외였지만 위성 안테나, 지프차의 타이어, 에어컨 실외기에 행해진 작업까지 눈치채지는 못했다. 사고가 계속되자 누군가는 짜증을 내고,

또 누군가는 반군의 짓이 아닐까 불안해한다.

환경이 조성되면 나머지는 분자들이 알아서 해준다. 학술적 토론조차 전쟁의 방아쇠다. 실험에 영향을 주지 않기 위해서 실험자는 꾸준히 길항제를 복용하고, 정기적으로 체취를 확인한다. 전쟁이 필요한 만큼 격화될 때까지. 가만히 놓아두면 절대로 꺼지지 않을 불길이 될 때까지. 전부 성공적인 실험을 위해서였다. 가설을 검증하기 위해서였다. 하지만 그 모든 기억이 지금은 악몽인 듯, 하이드 씨가 저지른 짓인 듯 그저 흐릿하다. 동족에게 일부러 고통을 주고 싸움을 유발한다니, 그런 수단 방법을 가리지 않는 잔인성이라니. 상상조차 되지 않는다. 하이드 씨는 이제 잠들었고 스위치는 켜졌으며 몸에서는 옅은 평온의 냄새가 난다.

"미나……?"

품을 가만히 파고드는 움직임에 카옘베 박사가 천천히 눈을 뜬다. 품 안의 박동에 맞춰 몸 전체가 진동한다. 피부가 공기의 흐름을 읽어낸다. 공기의 흐름은 분자의 흐름이다. 실험의 마지막 단계를 지시하는 신호의 흐름이다. 신호가 전달된다, 박사와 나 사이의 얇은 공기층을 진동시키며, 부드럽게 귓가에 속삭이며.

"숨을 깊이 들이쉬어요."

느린 호흡이 오래도록 가슴을 울린다. 분자가 체내로 퍼져나간다. 보노보와 나의 몸속에 있는 분자들이 박사의 따뜻한 살갗

아래에도 똑같이 존재하며 반응한다. 수용체를 활성화하고, 신호를 보내고, 7만 년 동안 기다려온 종전 선언을 몸 구석구석으로 전한다. 창과 칼을 구성하던 결합들이 깨지며 반응 방향이 역전된다. 침팬지 윌리는 이제 가족의 품에 안겨 있다. 117번 발굴장소의 해골들이 일어나 고향으로 돌아간다.

다음 날 아침에도 여전히 사람들은 화가 나 있다. 대뜸 옆자리에 앉아 식사를 하는 내 모습을 르메르트 박사가 어이없다는 듯 쳐다보고, 이내 고성이 몇 번 오간다. 하지만 식사가 진행되는 동안 천천히, 공기 속 분자의 조성이, 분위기가 바뀐다. 싸움은 일어나지 않는다. 모든 개체의 표정과 몸짓에서 동물행동학자가 아니더라도 읽을 수 있는 명확한 차이점이 보인다. 아침의 네이팜 냄새는 더 이상 나지 않는다.

추가적인 검증이 필요할까? 어제 자신을 공개적으로 조롱했던 연구자가 목걸이를 훔친 범인이라는 사실을 듣는다면 어떻게 될까? 당연히 심하게 화를 낸다. 하지만 어제와 같은 폭력은 없다, 아니, 생각조차 못하는 것처럼 보인다. 때리려는 듯 손을 올리지도, 의자를 발로 차지도 않는다. 흥미로운 변화다. 이 정도라면 고립된 공간에서의 실험은 성공적이라고 할 수 있다. 만일 성공하지 못했다면, 예상외의 부작용이라도 발생했다면……. 대비는 되어 있었지만, 수많은 극단적인 계획이 아직도 기억 속에 있지만, 전부 하이드 씨의 계획일 뿐이다. 다행스러운 일이다. 그런 짓까지는 필요가 없게 되어서.

연구는 아직 필요하다. 아직 끝나지 않았다. 소수의 집단을 대상으로 한 실험이 성공했으니, 이제는 더 큰 규모의 검증이 이루어져야 한다. 이번 분기가 끝나면 니알루켐바의 학자들은 전 세계로 흩어질 것이다. 현생인류의 서식지를 분주하게 오가며 학회에서, 일상에서 여러 개체와 접촉할 것이다. 스위치를 켜고, 그러면 다음 스위치가 켜지고, 또 다음 스위치로, 그렇게 매끄러운 연쇄반응을 일으키면서. 분자들의 움직임을 세계의 뉴스에서도 관측할 수 있게 되기까지는 시간이 얼마나 걸릴까? 짧은 상상만으로도 기대감이 멈추지 않는다.

하지만 흥분은 나중 몫이다. 두 번째 실험이 시작되기까지는 잠깐 여유가 있고, 아직도 니알루켐바의 전쟁은 현재진행형이다. 호수 파벌과 절벽 파벌의 전쟁, 200만 년 동안 이어져온 침팬지들의 전쟁이 남아 있으니까. 지난 진화의 세월은 침팬지의 뇌 구조를 영구적으로 바꾸어놓았지만, 그래도 당장의 분쟁을 완화하는 데에는 약이 효과가 있을지도 모른다. 사료 더미에 곱게 가루낸 약을 몰래 섞어놓는 일은 당장 오늘에라도 할 수 있지만, 일단은 조금 더 토론을 해보는 것도 괜찮겠다는 생각이 든다. 이제는 전쟁을 두려워하지 않아도 되니까. 갈등도 괴로움도 실패도 결코 완전히 사라지는 일은 없겠지만, 적어도 전쟁은 끝났으니까.

작가 후기

차 한잔과 함께하는 시간

유토피아와 디스토피아 중 하나를 택해서 글을 써달라는 연락을 받았을 때 금방 유토피아를 떠올린 것은 아니었습니다. 몇 년째 쓰고 있던 장편이 어두운 시대를 배경으로 주인공이 힘겨운 싸움을 하는 내용이었기 때문에 먼저 떠오른 건 디스토피아 쪽에 가까웠을지도 모르겠네요. 그런데 의뢰서의 마지막 줄의 "아름답고 고요한 빛의 세계"라는 구절이 머릿속을 떠나질 않았습니다.

사람들이 꿈꾸는 유토피아란 저마다 다르겠지요. 자신이 생각하는 가장 중요한 이상이 실현되어 있으면서 본인이 생각하기에 가장 불합리한 것이 없는 세계가 그 사람의 유토피아일 거라고 생각하니까요. 지금껏 유토피아를 경험해본 적이 없으니 유토피아란 미래 어떤 시점의 모습이라고 할 수 있을 텐데 그때의 과학은 어떻게 발전해 있을까. 그 발전한 과학을 사용하는 사회, 제가 상상하는 미래의 유토피아가 '아름답고 고요한' 세계였습니다. 아무것도 없는 정적이 아니라 갈등과 충돌이 끊임없이 조정되고 서로의 다름을 이해하고 수용하는 고요함. 수학의 역사에서 지금은 당연하게 받아들여지는 이론도 처음 나왔을 때는 격렬한 비판에 부딪히기도 했고, 지금은 틀렸다고 밝혀진 것이지만 예전에는 오랫동안 진리처럼 여겨지기도 했지요. 그처럼 과학이란 계속해서 자신을 수정하고 새로운 것을 발견해나가는 과정이고 미래 역시 그 과정이 계속되고 있을 거라고 생각합니다. 그러면서 스스로 발전해나가기 위해서 인간의 선택과 의지가 무엇보다 중요한 세계겠지요. 그런 '고요하고 아름다운' 세계를 그려보고 싶다고 생각하게 되었습니다.

눈치채셨겠지만 주인공 두 사람의 이름 알레프와 파이는 수학에서 아주 중요한 숫자에서 왔습니다. 오래전에 발견된 Pi에 비해 Aleph는 상대적으로 최근에 발견되었습니다만, Aleph 수를 처음 알게 되고 그에 대한 수학적인 논쟁들을 알게 되었을 때 사람으로 비유한다면 Aleph의 짝은 Pi밖에 없겠다고 생각했어요. 이제야 그 상상을 글로 옮길 수 있게 되었네요. 구구절절 제 상상을 여기서 설명하지는 않겠습니다. 독자들이 혹시 이게 아닐까 생각되는 게 있다면 그걸로 좋겠지요. 제목의 의미를 주인공의 이름과 함께 생각해주신다면 그때 떠오르는 이미지가 아마

글쓴이가 의도한 것과 많이 다르지 않을 거라고 생각해요.

등장인물들의 성별은 대부분 정해두지 않았습니다. 누군가가 여성으로 느껴지시거나 남성으로 느껴지시면 그렇게 받아들이셔도 좋고요. 이 세계에서는 성별이 중요하지 않다고 생각했기 때문에 조금은 의식적으로 성별 특징을 넣지 않았는데, 각각의 인물들이 어떤 성별로 보이는지 조금 궁금하긴 하네요. 원래 설명을 다 넣었다가 군더더기같이 느껴져 덜어냈던 이 세계의 다른 부분의 모습도 상상해보시면 좋겠습니다. '아이'들은 유치원이나 학교에 오기 전 어렸을 때 어떻게 지내는지 같은 것들 말이에요. 기회가 있다면 그 부분의 이야기도 들려드릴 수 있으면 좋겠네요.

이 글의 결말이 '숲'의 승리로 여겨지지 않았으면 좋겠다고 생각합니다. 연구소가 사라진 것이 아니라 연구소의 일부가 다른 길을 찾은 것뿐이니까요. 피난선의 사람들도 피난소의 사람들도 무한한 선택이 앞으로 주어져 있을 거라고 믿고 있습니다.

차(tea)를 좋아합니다. 지금까지 썼던 장편과 단편 모두 차를 마시는 장면을 넣었고 아마 앞으로도 그렇지 않을까요. 세상이 아무리 바뀌어도 따뜻한 차를 마시며 창밖을 바라보는 순간만큼은 주어지면 좋겠습니다. 이 글을 읽고 난 뒤에 '아 차 한잔 마시고 싶다' 생각이 드셨다면 참 기쁜 일입니다. 그때 옆에 누군가가 함께이든, 혼자만의 오붓한 사색의 시간을 가지든 말이에요. 누군가와 함께 마시는 차도 혼자의 시간에 함께해주는 차도 삶에서는 필요하니까요.

곽재식 | 로보타 코메디아 |

「로보타 코메디아」는 김보영 작가님의 배려로 다행히 이 책에 실릴 수 있게 된 소설이다. 유토피아를 소재로 한 소설을 써달라는 청탁을 받고 내가 원래 썼던 소설은 「고양이 그림 그리기 유토피아」라는 이야기였다. 이 소설은 그림, 글, 음악 등을 만드는 작업을 인공지능이 거의 대신 해주는 유토피아에 대한 이야기였다. 지금은 환상문학웹진 〈거울〉에 올라가 있는데, 제목처럼 주인공은 고양이 그림을 그리고 거기에서 이야기를 만들어나간다는 내용이다.

이야기를 완성한 나는 이 소설을 출판사에 보냈는데, 곧 그 소설이 다른 작가님들의 소설과 분위기가 상당히 많이 다르다는 연락을 받았다. 잘못하면 영 구색이 맞지 않은 이야기를 억지로 싣게 되는 수밖에 없는 난감한 상황이었다. 당황스럽고 또 고민스러웠다. 그런데 다행히도 내가 예전에 써두어 공개했던 소설인 이 「로보타 코메디아」가 유토피아에 대한 이야기로 충분히 어울린다는 사실을 바로 김보영 작가님께서 발견해주시고 제안해 주셨다. 그렇게 해서 원래 썼던 소설 「고양이 그림 그리기 유토피아」 대신 「로보타 코메디아」를 이 책에 싣게 되었다.

나는 애초에 「로보타 코메디아」는 로봇들을 위해 만든 저승, 그것도 지옥에 대한 이야기 비중이 커서 이것이 유토피아 이야기로 취급될 수 있다고는 전혀 생각하지 못했다. 하지만, 김보영 작가님께서 제안해주신 바를 듣고 보니, 로봇이 널리 퍼져서 사람들의 세상을 풍족하게 돕고 있는 세계가 바탕인 이야기이기도 했다. 게다가 그 로봇들 역시 나름의 풍족함을 누리고 있다는 가정에서만 출발할 수 있는 유쾌한 이야기라서, 제법 어울릴 만해 보였다.

지금 생각해보니, 나에게는 글을 쓴 작가 본인보다도 그 글을 더 잘 알아보는 독자가 있으며, 그 독자가 또한 평소 좋아하던 선배 작가라는 사연이 된다. 이 역시 유토피아 이야기에 어울리는 후기 아닌가 싶다.

김초엽 | 순례자들은 왜 돌아오지 않는가 |

처음 단편선 제안을 받았을 때, 전공 지식을 최대한 활용해달라는 가이드가 있었다. 그래 이번 기회에 유기화학자들이 마약 유토피아를 만드는 이야기를 써볼까 하고 참여 작가 명단을 보니 같은 전공, 화학과 출신의 작가님이 두 분이나 더 계셨다. 아무리 생각해봐도 화학 SF를 썼다간 공부를 대충 한 나의 밑천만 드러날 것 같아서 비겁하지만 선회하기로 했다. 화학 말고, 대학원 때 살짝 발을 담가본 생명공학을 활용한 글을 써보기로. 마감이 두 달 남은 시점, 중간 점검 차 기획자님의 메일이 왔다. 벌써 세 분이나 작품을 송고해왔다는 이야기였다. 충격적이었다. 시놉시스가 정해졌으면 소재가 겹치지 않도록 알려달라는 기획자님의 말씀에 나는 그때까지만 해도 정해진 것이 없었지만……. 아직 생각한 게 없어요…… 라고 말하면 정말 너무나 무책임해 보일 것 같아서 바이오해킹과 합성생물학을 소재로 한 글을 쓸 것 같다고 써서 보냈다. 하필 저 두 개였던 이유는 그냥 뭔가 이름이

멋있고 여태 써보지 않은 소재였기 때문이다.

고난은 실제로 집필 작업에 들어가면서 시작되었다. 도저히 유토피아를 상상할 수 없었다. 클론을 만들거나 유전자를 디자인하는 일은 아무리 생각해도 유토피아보다는 디스토피아에 가까웠다. 생명공학으로 유토피아를 실현하는 것보다 평행세계로 향하는 초공간 터널을 찾아내는 것이 차라리 현실성 있어 보였다. 이 세계에서는 이미 글렀으니 수십억 개의 평행세계를 뒤져보면 그중 하나 정도는 유토피아가 있지 않을까? 하지만 다세계 해석을 하드 SF로 쓰려면 양자역학을 잘 알아야 할 것 같았고 그건 자신이 없었다. 나는 내가 낙관적인 사람이라고 생각했는데 글을 구상할수록 전혀 그렇지 않다는 사실이 드러났다. 그제야 유토피아와 디스토피아 중 뭘 고르겠냐는 말에 "저는 둘 다 괜찮습니다^^ 편한 대로 넣어주세요!^^" 하고 회신한 과거의 맑고 순수했던 내가 몹시 원망스러워졌다.

대학 시절에는 '기술이 여성을 해방할 것인가?'라는 주제에 매료되었다. 인공 자궁, 성과 생식의 완전한 통제, 신체적 구분으로부터의 탈피와 같은 것들은 언뜻 현존하는 기술에서 딱 한 발짝만 나아가면 구현할 수 있는 근미래처럼 보인다. 만약 기술이 발전하여 우리를 모든 신체적 특질과 억압으로부터 해방한다면, 그곳에는 꿈꾸던 세계가 있을 것인가?

어쩌면 기술로 인한 약자의 해방이 정말로 가능할지도 모른다고 믿었던 때가 있다. 그러나 SF를 쓰면서 그런 세계는 영원히 오지 않을 것이라고 비로소 생각했다. 배제를 상상하는 것은 너무 쉬웠다. 가장 인간을 위하는 것처럼 보이는 기술마저도 누군가를 철저히 배제할 수 있다. 신인 SF 작가조차 이렇게 쉽게 해내는 일이니, 기술로부터 현실의 차별과 갈등과 폭력을 만들어내기는 아주 쉬울 것이다. 그렇다면 무엇을 상상할 수 있을까? 미래를 낙관적으로 전망하기 때문에 낙관하는 것이 아니라, 그것이 필요하기 때문에 낙관하는 것이라면?

마지막에 나는 이 시대에는 오지 않을 유토피아를 실현하기 위해 결코 쉽지 않은 길을 가는 사람들을 생각했다. 올리브와 데이지를 지구로 데려온 건 지구를 떠날 수 없는 나를 위로하기 위해서였다. 하지만 지구에는 이미 절망과 고통 가운데서도 서로에게 손을 내미는 사람들이 있다. 그들은 대개 세계의 진실을 최전선에서 마주한다. 그러면서도 함께 맞서기를 선택한다. 그건 나에게 어떤 과정의 이상향으로, 또한 사랑의 완전한 형태로 여겨졌다. 그리고 그 사실을 떠올리면, 이 지구에서 살아가는 일이 아주 불행한 것만 같지는 않다는 생각이 들었다.

내가 자란 부산은 한국 전쟁의 상흔과 비극이 고스란히 남아 있는 곳이다. 최근엔 해운대나 광안리가 이국적인 풍광과 화려함을 자랑하면서 부산의 대표적인 관광지로 널리 알려졌지만, 도심으로 들어가면 한국 전쟁과 관련된 장소가 수두룩하다. 대표적인 곳 중 하나가 영도다리다. 유명한 자갈치 시장 근처에 자리 잡은 영도다리는 한국 전쟁 시절에 피난민들이 꾸역꾸역 몰려들었던 만남의 장소였다. 통신 수단이 거의 없던 전쟁 시절에 서로 찾기 쉽던 장소였던 탓이다. 만남을 향한 염원은 그 시절에 영도다리 밑의 제방을 따라 쭉 이어졌던 점집에서도 드러난다. 민속학자인 유승훈 선생은 저서 『부산은 넓다』에서 이때의 풍경을 이렇게 묘사한다.

> 언제 전쟁이 끝날지, 과연 헤어진 북의 가족들과 상봉할 수 있을지, 전선으로 나간 아들은 살아서 돌아올지, 매시간을 조마조

마한 마음으로, 살얼음판을 걷는 심경으로 살아냈다. 이런 불안한 심리와 우울한 시대 배경이 겹쳐지면서 영도다리 아래에는 점집들이 번창했다. 일제강점기부터 점보는 집이 몇 곳 있었는데 한국 전쟁 당시에는 80여 곳까지 늘어났다. (중략) 이 점쟁이들을 찾는 피란민들이 가장 궁금해했던 점은 역시나 북에 두고 온 가족들이었다.

- 유승훈, 『부산은 넓다』, 글항아리, 2013, 213쪽

영도다리 근처를 지나가던 어느 날, 문득 점쟁이를 통해서라도 가족의 생사를 알아내고 그들과 만나고 싶었던 그 시절 사람들이 떠올랐다. 인류는 통신 기술 발전을 통해 그 시절의 피난민들이 겪었던 공간의 한계를 비약적으로 뛰어넘었다. 그렇지만 여전히 통신 기술로 극복되지 못하는 시간과 공간이 있다. 실종된 사람들, 현대적인 통신 기기가 없는 곳으로 가버린 사람들 그리고 죽은 사람들과 우리는 소통하지 못한다.

깊은 소통이 어려운 것은 그때나 지금이나 변한 것이 없다. 우리의 정신은 육체 속에 갇혀 있고, 언어와 문자는 사고나 정서 일부만을 타인에게 전달하는 빈약한 도구에 지나지 않는다. 그런데 심리학자인 융은 특정 시대나 문화에서 사람들이 공유하는 집단 무의식의 개념을 주장한 바 있다. 심지어 집단 무의식은 시

대와 문화를 초월하여 전 인류에 존재하기도 한다. 만약, 어떤 방식으로 전 인류가 이미 연결되어 소통하고 있다면 그 방식은 무엇일까? 단편 「프레스톨라티오의 악몽」은 이에 대한 나 자신의 답일지도 모른다.

사람과 사람은 양자 상태의 두 입자처럼 서로 얽혀 있고 영향을 미친다. 때로 시대가 밤처럼 어두워지는 것도, 새벽처럼 밝아지는 것도 모두 이런 얽힘과 영향에 따른 것이 아닐까 한다. 시대를 밝히는 선구자나 영웅의 이야기는 셀 수 없이 많겠지만, 천한 계급의 아기가 마구간에서 태어나던 고요한 밤 이야기를 가장 좋아한다. 거대한 변혁과 변화는 어두운 밤 속에서 고요하게 시작되고, 여명이 오면 치열한 싸움과 희생을 거쳐 마침내 찬란한 정오를 쟁취한다. 밤이 오는 것을 막을 수 없을 때가 있다. 그때는 다시 새벽을 가져와야만 한다. 영원히 밤이 계속되지 않도록.

밤이 아닌 새벽을 가져오는 이들과 함께하는 사람이 되기를 언제나 기도한다.

이산화 | 전쟁은 끝났어요 |

솔직하게 고백부터 하고 시작할게요. 아주 간단한 생화학적 방법으로 온 인류의 사고방식을 뒤바꿔놓을 수 있다는 발상은 솔직히 좀 소름 끼친다고 생각합니다. 이 단편의 핵심 아이디어가 원래는 인류 문명의 종말을 다루는 음울한 이야기에 쓰일 계획이었다는 사실 또한 밝히는 바입니다. 그런 발상에서부터 시작된 단편이니, 결과물이 해피엔딩으로 끝나는 『암흑의 핵심』처럼 된 것도 자연스러운 일이 아닐까 합니다. 생각해보면 전쟁 없는 세계도, 문명의 종말도 어떤 극단적인 상태에 대한 상상이란 점에서는 닮아 있으니까요. 그런 면에선 원래 계획이 꽤나 잘 유지되었다고 할 수도 있겠네요.

어쩌면 '세상을 획기적으로 낫게 만드는 이야기'와 '세상을 아예 끝장내는 이야기'는 결국 똑같은 뿌리에서 시작하는지도 모르겠습니다. 지금 우리가 살고 있는 현실을 젠가 탑처럼 무너뜨릴 아주 간단한 방법이 존재한다는 가정으로부터 말이에요. 핵

무기나 운석일 수도 있고, 위대한 지도자의 등장이나 신적인 개입일 수도 있겠죠. 사악하거나 부주의한 과학자에 의해 탄생한 미지의 감염원이 연구 시설로부터 유출되어 세상을 뒤집어놓는 이야기 역시 무수히 많습니다. 「전쟁은 끝났어요」에서는 단지 그 결과를 약간 긍정적으로 그렸을 뿐입니다. 전쟁이라는 지극히 복잡다단한 사안을 단칼에 해결하기 위해선, 인류를 멸망시킬 수 있을 만큼 파괴적인 방법이 필요했으니까요.

물론 현실에서도 이런 접근법이 필요하다고 주장할 생각은 없습니다. 일단 가능하지조차 않아요. 약 7만 년의 현생인류 개체 수 감소를 초거대 화산 폭발과 연관 짓는 이른바 '토바 재난 가설(Toba Catastrophe Theory)'은 인류학계의 주류 이론과 거리가 멉니다. 5-HT1E 수용체는 실존하며, 그 기능이 아직까지 규명되지 않은 것 또한 사실입니다만, 문제의 수용체가 온 인류를 평화로 인도할 요술 스위치라는 증거는 전혀 없습니다. 무엇보다 제가 아는 한 대다수의 생화학자들은 적어도 '미나'에 비해서는 연구 윤리 의식이 훨씬 투철합니다(미나처럼 만사를 화학반응 서술하듯 피동 표현으로만 묘사하지도 않습니다). 그러니 작중에 서술된 유토피아 시나리오는 좀비 바이러스나 철인 통치자만큼이나 있을 법하지 않은 일이라고 하겠습니다.

하지만 여기서 한 가지만 더 솔직하게 고백할게요. 불가능한 유토피아를 그리기 위해 상상을 좀 과격하게 밀고 나가기는 했지만, 그래도 저는 이 과격한 상상의 뼈대가 꽤 유용한 도구라고 생각합니다. 인간의 본능과 감정, 나아가 인간 그 자체를 화학물질로 보는 사고방식 이야기입니다. 이를테면 인간의 본성이 진화심리학적으로 어떻다든가 하는 연구 결과를 근거 삼아 '현실은 결국 이렇다'고 주장하는 말을 듣는다고 상상해봅시다. 어쩌면 근거 자체는 약간이나마 사실일지도 모릅니다. 그렇다면 이어지는 주장 역시 받아들여야만 하는 것일까요? 저는 그럴 때마다 이렇게 생각해버리곤 합니다. 인류의 본성조차도 결국에는 생화학적 조성에 불과할 뿐이라고요. 그리고 화학물질은 얼마든지 바뀔 수 있다고요.

화학이란 물질의 변화를 연구하는 학문입니다. 화학의 세계에서 결합은 깨지고 구조는 재정렬되며 성질은 달라지게 마련입니다. 그러니 인간은, 인간이 만든 체계는, 인간으로 구성된 세상은 결코 있는 그대로 받아들여야 할 절대적인 개념이 아닙니다. 화학적으로 간섭할 수 있고, 부술 수 있으며, 어쩌면 느리고 온건하게나마 개선할 수 있을지도 모릅니다. 변화가 가능하다는 사실은 곧 위안이고 희망입니다. 그리고 누가 아나요? 어쩌면 더 간단하고 파괴적인 스위치가 숨어 있을지, 필요한 것은 주저 없이 스위치를 누를 용기뿐일지!

현실에서도 파괴적 접근법을 주장할 생각은 없다고 하지 않았느냐고요?

화학물질은 얼마든지 바뀔 수 있다니까요.

다가올 미래,

빛 과 **어둠**

당신은 어느 세계를 택하시겠습니까?

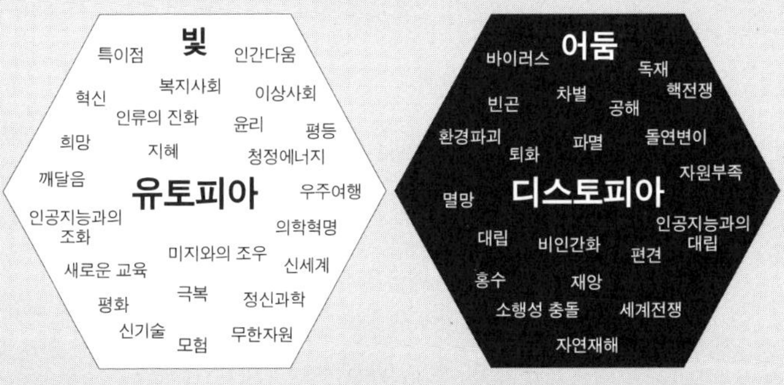

반갑습니다.

지금부터 여러분 열 명은, 다섯 명씩 각기 어둠, 빛 두 진영으로 나뉘어 소설을 쓰시게 될 것입니다.

어둠과 절망의 미래를 택할지, 빛과 희망의 미래를 택할지는 여러분의 자유입니다.

여러분이 갖고 계신 지혜와 전문 지식을 최대한 발휘하여,

어둠의 세계를 구성하거나, 혹은 빛의 세계를 구성하거나, 혹은 그 세계에서 생존할 방법을 찾아내십시오.

건투를 빕니다.

출판사의 최초 구상은 다소 단순한 현실적인 미래 전망이었지만, 초기 기획 의도에 있던 '미래는 과연 장밋빛일 것인가, 아니면 그 반대일 것인가?' 하는 의문에 착안하여, 열 명의 작가가 디스토피아/유토피아로 팀을 나누어 빛과 어둠의 두 단편집을 동시 출간하는 상상으로 발전했다. 작가들께 각기 자신의 진영을 선택할 것을 부탁했는데, 기획자가 작가를 섭외하며 미리 예상한 진영을 다들 그대로 택한 것은 개인적으로 즐거운 점이었다.

또한 이 단편집은 부연 규칙으로 전공 지식, 혹은 독학으로 공부한 지식을 최대한 활용할 것을 부탁했다. 기획자는 과학 전공자를 우선으로 추천했고, 2순위로 사회과학 전공자를 추천했다. 이 단편집은 의외로 국내에서 처음 시도되는 과학 전공 작가 중심의 단편집이다.

"당신이 알고 있는 물리학, 화학, 수학, 법학, 언어학, 사회학, 심리학을 적용하여 세계를 구성하거나, 혹은 그 세계의 문제를 해결하는 도구로 이용해주십시오."

세상의 많은 SF 작가들이 그렇듯이 한국의 많은 SF 작가들도 굉장한 공부광이다. 이 단편집에 참여한 작가들의 전공은 수학,

화학, 전자공학, 기계공학, 컴퓨터과학, 물리학, 천문학, 언어학, 심리학, 문학, 역사, 법학에 이르고, 한 분야 이상을 공부한 작가도 다수다. SF 작가들이 얼마나 다방면에 관심을 갖고 많은 공부를 하는지 조금쯤 자랑할 수 있는 단편집이 되었으면 한다.

한편으로, 많이들 딱히 학위를 내세우지 않고 무엇을 공부했는가를 중심으로 프로필을 적어주신 것도 참으로 SF 작가다운 공통점이었다. 김동식 작가는 행여 작품집이 너무 딱딱해지지 않도록 섭외했으니, 이 작가의 자랑스러운 프로필에도 주목해주셨으면 한다.

결과적으로 참여한 작가 모두가 한껏 자신의 지식을 자랑하여, 보기 드물게 지적인 흥분과 즐거움을 주는 작품집이 되었다.

한편으로 유토피아와 디스토피아의 세계가 미묘하게 섞여 있는 점도 즐거운 감흥을 준다. 유토피아라고 해서 모두가 행복하지 않고, 디스토피아라고 해서 모두가 불행하지도 않다. 때로는 절망 끝에 희망이 오기도 하고, 희망 끝에 절망이 오기도 한다. 어둠과 빛이 서로 멀리 있지 않고, 서로가 있어야만 존재함을 또한 생각하게 한다. 어두운 미래를 그린 작품이든 밝은 미래를 그린 작품이든, 대부분 세계 전체의 변화와 변혁을 노래했다는 점도 감동적이었다.

이 책의 출판에 큰 역할을 했으며, 단편집의 구상에서부터, 작가를 섭외하고 원고를 매만지고, 편집 형태를 구상하며, 기획에 적극적으로 참여하여 제안과 도움을 아끼지 않았던 편집팀 그리고 출판을 결정해주신 요다 출판사에 감사를 드린다.

드물게 훌륭한 작품집이다. 독자들도 즐겁게 읽어주시기를 바란다.

2019년 1월

김보영

알라딘 북펀드에 참여해주신 독자

강경재 강남석 강대성 강동원 강수경 강시현 강정민 강지우 강지원 강진선 강희수 고관웅 고범철 고용찬 고은 고청훈 권민주 권서영 권정민 권태균 권필주 길유지 김건 김경연 김경은 김경휘 김경희 김규탁 김기영 김나래 김나연 김나영 김남영 김남호 김다영 김다정 김다혜 김대건 김도연 김도형 김동규 김동현 김동훈 김라온 김미경 김미형 김민서 김민아 김민하 김민호 김벼리 김보람 김보성 김상욱 김상철 김선경 김선혜 김설린 김성수 김성완 김성필 김세경 김세희 김소영 김송이 김수윤 김수진 김시우 김아름 김연화 김영근 김영은 김영찬 김영채 김예진 김용권 김용헌 김우연 김우주 김유리 김이연 김재리 김재희 김정경 김정민 김정훈 김조현 김종원 김주헌 김주희 김준성 김지애 김지영 김지은 김지현 김지훈 김진성 김진철 김찬영 김찬우 김채원 김태경 김태영 김태형 김푸름 김필수 김하연 김해례 김해진 김향란 김현규 김현영 김현정 김현진 김형진 김혜영 김혜정 김효성 김효진 김희성 남상미 남지현 남하늘 노민경 노은아 노은진 노찬오 노혜린 노호경 도민경 류혜인 맹지은 모지선 모지원 문상필 박근령 박기효 박남수 박대순 박동민 박동주 박민지 박서현 박성인 박성찬 박소현 박승아 박신영 박영미 박영은 박용준 박우영 박원종 박유현 박윤수 박정옥 박정원 박종선 박종우 박지민 박지영 박진웅 박찬미 박현준 배기훈 배윤호 배준현 배현주 백슬기 백효인 변규홍 변인영 서강선 서민석 서민희 서영재 서정연 서지성 성찬얼 소희정 손유나 손유라 손준용 손지원 손형선 송다금 송미경 송석영 송유경 송정훈 송지우 신민기 신민선 신시연 신연지 신예린 신재훈 신지현 심너울 심완선 심지연 안상균 안서현 안정원 안준호 안지현 안찬희 안혜린 양기원 양민경 양수빈 양승민 양윤영 양지희 양혜림 엄길호 엄세하 엄수환 연민경 연서진 오영욱 오유송 오은비 왕준영 왕효진 우영준 원선미 유만재 유선우 유인엄 유지현 유형석 유호정 유효상 유희연 윤가람 윤담비 윤병용 윤서라 윤석영 윤석호 윤성민 윤성일 윤솔 윤승재 윤여진 윤혜진 이강영 이강철 이강희 이경문 이고은 이기쁨 이동규 이륜정 이명하 이무준 이미랑 이민규 이민진 이보영 이상혁 이상훈 이서연 이서영 이선우 이성연 이성재 이세웅 이솔 이수홍 이슬기 이승현 이어진 이연경 이영선 이영학 이예진 이웅현 이유진 이윤경 이윤호 이은이 이의섭 이재윤 이재은 이재호 이정석 이종욱 이종의 이주영 이주하 이주희 이준영 이지수 이지연 이지용 이지우 이지희 이진주 이창수 이하림 이해든 이혜인 이혜지 이호진 이호훈 이홍림 이홍엽 이환희 이희연 인승열 임민진 임선아 임소라 임수민 임수진 임인애 임주영 임준영 임지연 임채범 임한솔 임홍준 장미 장서정 장원기 장원선 장유경 장현 장화진 전누리 전삼혜 전승우 전용재 전재형 전정중 전지원 전호선 정담 정명기 정민서 정민호 정서윤 정석완 정승락 정승민 정연태 정영인 정유진 정인경 정인화 정재은 정지은 정지훈 정진세 정한별 정헌목 정혜민 정혜윤 정효지 조경진 조문호 조민호 조석진 조세영 조소영 조아영 조영우 조영탁 조원경 조유동 조은비 조이슬 조인화 조주영 조준섭 조한진 조현규 조현실 조현용 조희영 주보겸 주재익 주진영 지윤서 지현상 차민경 차선우 차현진 최경서 최나연 최다연 최린 최선영 최성지 최성훈 최소정 최승윤 최시영 최연지 최예라 최원택 최유진 최정은 최종인 최지연 최지은 최지혜 최형도 최훈민 표석 하승현 하희정 하희철 한동수 한미현 한선규 한재형 한주원 한지수 한지은 허당 허웅열 허원석 허유빈 허정 허초롱 홍민수 홍수연 홍순우 홍영실 홍예나 홍예린 홍정기 홍주한 홍진용 황선영 황유민 황태령 황현하 Hojin Kim MILLERADAMTHOMAS 외 68분.

토피아 단편선 1

전쟁은 끝났어요

2019년 2월 14일 1판 1쇄 인쇄
2019년 3월 4일 1판 1쇄 발행

지은이 곽재식, 구한나리, 김주영, 김초엽, 이산화
펴낸이 한기호
기 획 김보영
편 집 오효영, 도은숙(책임편집), 유태선, 김미향, 염경원
디자인 김경년
경영지원 국순근
펴낸곳 요다
출판등록 2017년 9월 5일 제2017-000238호
주소 04029 서울시 동교로 12안길 14 A동 2층(서교동, 삼성빌딩)
전화 02-336-5675 팩스 02-337-5347
이메일 kpm@kpm21.co.kr
홈페이지 www.kpm21.co.kr

ISBN 979-11-89099-12-1 04810
979-11-89099-11-4 (세트)

· 이 도서의 국립중앙도서관 출판예정도서목록(CIP)은 서지정보유통지원시스템 홈페이지(http://seoji.nl.go.kr)와 국가자료종합목록시스템(http://www.nl.go.kr/kolisnet)에서 이용하실 수 있습니다. (CIP제어번호 : CIP2019002137)
· 요다는 한국출판마케팅연구소의 임프린트입니다.
· 책값은 뒤표지에 있습니다.